ENCONTRO VOCÊ NO OITAVO ROUND

CAÊ GUIMARÃES

ENCONTRO VOCÊ NO OITAVO ROUND
CAÊ GUIMARÃES

1ª edição

EDITORA RECORD
RIO DE JANEIRO • SÃO PAULO
2020

CIP-BRASIL. CATALOGAÇÃO NA PUBLICAÇÃO
SINDICATO NACIONAL DOS EDITORES DE LIVROS, RJ

G977e Guimarães, Caê
Encontro você no oitavo round / Caê Guimarães. –
1ª ed. – Rio de Janeiro: Record, 2020.

ISBN 978-65-5587-087-9

1. Romance brasileiro. I. Título.

20-65522
CDD: 869.3
CDU: 82-31(81)

Camila Donis Hartmann – Bibliotecária – CRB-7/6472

Copyright © Caê Guimarães, 2020

Todos os direitos reservados. Proibida a reprodução, armazenamento ou transmissão de partes deste livro, através de quaisquer meios, sem prévia autorização por escrito.

Texto revisado segundo o novo Acordo Ortográfico da Língua Portuguesa.

Direitos exclusivos desta edição reservados pela
EDITORA RECORD LTDA.
Rua Argentina, 171 – Rio de Janeiro, RJ – 20921-380 – Tel.: (21) 2585-2000.

Impresso no Brasil

ISBN 978-65-5587-087-9

Seja um leitor preferencial Record.
Cadastre-se em www.record.com.br
e receba informações sobre nossos lançamentos e nossas promoções.

Atendimento e venda direta ao leitor:
sac@record.com.br.

Para Maria Vitória, minha mãe.
Por renascer, sempre, com tenacidade e ternura.

E para Fábio, Patrícia, Rodrigo e Vanessa.

In memoriam de Cristiano Martins, Edineia Carpenter,
Joaquim Tavares Pedro, Carmen Lúcia Moreira Grijó,
Sandra Braun Fonseca e Sergio Blank.

"A única jornada autêntica do conhecimento é a que se faz das profundezas de um ser para o coração de outro, e eu era apenas uma profundeza aberta naquele instante na sacada"

NORMAN MAILER, *Um sonho americano*

Há principalmente um zumbido que vai e vem. Começa grave, gordo e lento, mas à medida que o tempo avança se torna mais agudo e menos espaçado. Ele se instala no corredor do meu ouvido esquerdo. Caminha até o meio da cabeça e retorna. Fica então a sensação de que o bicho vai embora, mas que nada. Ele volta. Indesejado e paciente. Esparrama-se como quem chega por acaso. E em questão de horas toma conta de todas as minhas reações, provocadas no começo por uma batida distante e ritmada, que evolui para um estremecer pastoso, quase confortável. Acontece por alguns minutos, mas a essas passadas sobrevém o silêncio. Pequeno e intenso, como uma ausência de movimento. Um naco do nada que gera o vácuo e detona a onda. Aí está ela. Uma pérola de deselegância e capacidade de irritar, esse ziiinnnnn lâmina fina, forjado em têmpera espartana para decepar de forma eficiente e relativamente limpa a minha cabeça. Mas o crânio continua firme encimando o pescoço. Até porque não pode desabar antes de ser o teatro que abriga o balé dos meus dentes rilhando. A partir destes, o zumbido fica mais intenso e volátil. Um calafrio me percorre os ossos. Começa pelas alças das omoplatas e quase simultaneamente a flauta das vértebras, para depois ganhar o corredor do úmero, que se bifurca adiante em dois ossos cujo nome agora não interessa — sempre guardei o nome deste osso. Úmero. Por essa canaleta a vibração chega às mãos, onde vários ossos em formato de escamas trepam uns nos outros e terminam em ossinhos cilíndricos articulados, a que chamamos dedos.

O par desse conjunto é a minha ferramenta de trabalho. Ganho a vida batendo nos outros. E também apanhando. Sou um pugilista. Por isso, me espanta que o incômodo provocado pelo zumbido não se manifeste de imediato em mim, como um jab colocado, puro reflexo. Era para ser assim. Pugilistas são condicionados a responder rápido. Mas o zumbido vibra no meu corpo em forma de choque. Corta a bacia em fatias para descer pelo fêmur até se instalar no bambear das pernas e em um calafrio na planta dos pés. Quando isso acontece, quase caio. Mas sempre sou salvo — se não pelo gongo, me vale o refluxo que passa potente das molas dos joelhos à fratura dos molares. É quando tudo em mim frita, como em um nocaute. O que só me dá a possibilidade de fuga. Ou ao menos a tentativa de.

Por isso corro. Como faz o cachorro faminto atrás das carregadeiras de lixo nas madrugadas do centro da cidade. Ou a presa que se sabe de antemão condenada à arcada do predador. Corro até rebentar tendões e patelas. Até estourar unhas e calos por dentro dos tênis baleados. Corro para além da minha rua. Atravesso todas as ruas do bairro. E, ao chegar ao seu limite, sigo por outro bairro, corto o sol refletido no asfalto ou a lua esparramada nas vidraças. Corro para além da cidade. Para fora dos limites dela. Corro também para a próxima luta. A última de uma carreira errática. E quanto mais corro, à proporção da exaustão, ganho o alívio de sentir o zumbido fazer o caminho inverso. A tal faca perde o fio a cada passada afastada do perímetro urbano. O que é estridente volta a ser grave. Cada vez mais grave. Apesar do cansaço, sorrio aliviado, "tá vendo, seu filho da puta... sou maior e melhor do que você..., ganhei..., ganhei..., some, seu...". Até que do nada a tal sirene interna desaparece. Sinto-me o campeão mundial dos pesos médios. Penso: "acabou", mas o alívio e a recompensa têm um teto. O zumbido voltará. Tem sido assim há três anos em intervalos de cinco ou seis meses. Ou seja, a cada luta.

Duas semanas me separam da próxima. Acontecerá no velho ginásio. Uma matilha se espremerá mais uma vez em volta do tablado para ver pugilistas decadentes e esquecidos, ou novatos ansiosos e arrogantes esmurrando uns aos outros. Esse é meu altar-palco enfumaçado. Meu laço e cadeia, onde há anos troco luvas com meninos afoitos que fazem tudo por um lugar no topo. E com veteranos, como eu, encardidos pela ação do tempo. Somos os caras-cortadas. Não sabia que são assim os rostos dos pugilistas, rabiscados por pequenas cicatrizes? É que um soco bem colocado corta a pele. Abre uma fenda curta e profunda. Para fechá-la é preciso costurar o couro da face. Todos nós já levamos ao menos meia dúzia de golpes realmente bem colocados, e toda cicatriz é um texto que conta uma história. Pois então, ao ser todo cicatrizes, sou todo memória.

Lembranças dançam na minha frente enquanto corro massageando o próprio ego apenas porque certo dia — já íntimo do zumbido — julguei-me suficientemente esperto para entender seu mecanismo. O que me leva, sempre que o ataque surge, a pegar a direção da periferia da cidade. Nessas ocasiões, rompo o anel urbano, círculo vicioso que separa o que é dentro e o que é fora. Mas o alívio desbota logo. Volto para casa para retomar, na manhã seguinte, a rotina de treinamentos na academia que tem o mesmo odor dos ginásios, uma essência enjoativa de eucalipto para tentar encobrir o ranço de mofo, suor e mijo nos vestiários. Tudo isso acaba misturado.

O asfalto fuma a tarde mormacenta de verão. O vapor sobe rente por entre pernas de calças e saias. O minério escuro escorre no suor por peles e pelos, encharca colarinhos e sutiãs. Calçadas entupidas. Vias públicas entupidas. Coronárias e varizes entupidas. Todo mundo apertado em suas meias e seus meios. Chego em casa. Abro a porta e entro. Após fechá-la, vejo de relance meu rosto cansado e as serpentes empapadas dos cabelos no pequeno espelho da parede. Ao chegar à janela, olho ao redor. Vejo a rua e seus sobrados, cujas fachadas escondem qualquer coisa que soe familiar ao afeto. Apesar de tanta gente, há deserto nos olhos embaçados pelo mormaço. Há névoa nas retinas. Há enfado. E não há cuidado, ternura, concentração ou interesse nas gentes se arrastando pelo devir incessante do cotidiano. Tirano. Silencioso. Implacável. E há um zumbido adormecido em minha cabeça. Ele espera pacientemente o tempo de retornar. Dois meses até a próxima luta. A última.

Lona e areia. Soco uma vez, duas, três. Em intervalos de dez, soco trezentas vezes. Jab de esquerda, direto de direita, cruzado de direita, upper de esquerda, direto de direita, direto de esquerda, gancho de direita, upper, cruzado e upper, esquerda, direita e esquerda. Depois, tudo novamente, para no final voltar às cordas. Boxe não é força, mas precisão. E isso depende de velocidade também. "Vai", repito o tempo todo na minha cabeça. Paro. Enxugo o suor e volto ao espelho, onde simulo uma luta sem luvas comigo mesmo. Tento ser mais rápido, mas invariavelmente empatamos. Upper, esquiva, doem o joelho e o tornozelo, doem o ombro e a saudade. No entanto, continuo. Ainda falta pular corda novamente e esmurrar o punching ball, aquela bola de couro menor que o saco de areia, suspensa à altura da cabeça, como o rosto virtual de um adversário imaginário que nunca tomba. Bobagem. Todos nós tombamos. Quem nocauteia e quem se arrebenta no chão. Nele, bato rápido e sereno, punhos e a lateral das mãos cerradas. No mesmo ritual solitário de tantos anos, só ouço o assobio das luvas cortando o ar, o raspar das cordas no chão e o som chapado do impacto das minhas mãos nos sacos. Uma sinfonia atonal sem edição. Adoraria poder equalizar esses ruídos em uma linha rítmica só. Mas eles vêm sozinhos e nunca se comunicam. A não ser na minha cabeça, quando encerro as atividades diárias.

O treino termina na conversa com Rudinho, o gigolô que agencia minhas lutas. Ele espera que Riba, meu velho treinador, arraste o corpo cansado para fora do ginásio para me abordar. Sou uma puta de 40 anos que passou do tempo de foder barato para ter um lugar onde se encostar de noite com água, luz, cama e mesa. Uma puta cansada que não soube parar, e agora não consegue fazer nada além de oferecer a própria carne surrada às hienas famintas. Eu próprio, uma hiena ridente de tetas secas. Rudinho diz que temos mais uma excelente oportunidade de levantar grana. Olha para mim por trás dos óculos tartaruga. Entre obturações e perfume enjoativo, vê nos meus braços outra chance de se dar bem. Ele sibila como uma cobrinha pequena e magra, mas de veneno potente. Sabe a hora certa de dizer as coisas. E as coisas que diz são até bastante convincentes, sempre pontuadas por um convicto "mas, vamos, pense comigo". Usa a expressão sem moderação, sempre que o interlocutor começa a ignorar sua cantilena desafinada. Em dez minutos de monólogo, repete três precisas vezes.

Ele me toureia. Como um matador a um miúra cravado de *banderillas*. Ou o boxeador bailarino a um demolidor. Mas não imagina que tenho guardada na luva esquerda, onde mora minha patada mais forte, uma pequena vingança. Nada paga a sua cara de nojo quando me vê tirar a bandagem molhada do suor da mão e jogá-la no seu colo de forma displicente e proposital. O homenzinho se apressa com as puãs fracas, seus dedos longos fazem pinças inseguras para evitar que meu dejeto lambuze sua camisa sintética.

— Mas vamos, pense comigo... — diz mais uma vez, travando todos os orifícios do corpo para conter o chorume da irritação, enquanto sento na banqueta e começo a desatar os cadarços das botas.

— Estou sempre pensando. Mas quer que eu pense no que contigo?

— Você já vem fazendo isso, luta sim, luta não, há pelo menos meia década.

— Três anos.

— O quê?

— Há três anos eu vendi um resultado pela primeira vez.

— Sim, três anos, meia década, a vida inteira, que diferença faz? Não vai ser agora, no fim da linha, que vai calçar a luva do pudor, porra. O moleque que vai enfrentar é bom. Ele é bom. Mas precisa passar por essa luta com segurança para se ranquear e chegar na próxima temporada qualificado para disputar o cinturão. E o cachê é gordo. O melhor que você já recebeu para vender convincentemente um resultado.

Com a toalha nos ombros, apoio os cotovelos nos joelhos enquanto ouço sua ladainha. Ele me enrola em seu gingado verbal.

— Mas vamos, pense comigo, teretetê, teretetê teretetê...

A matraca ritmada coça a lateral dos lábios, um bigode fino lhe escorre na direção do queixo. Eu transpiro o primeiro da última série de treinamentos. Ele desfia um rosário de vendedor de xampu do meio-oeste americano, oferece maciez e beleza após o blefe. Minha vontade é dar meia dúzia de tabefes na sua cara mole. É o cafetão que restou no epílogo da minha participação na cena. Arroto. Coço a barriga. E continuo a escutar com o desinteresse necessário para mantê-lo quicando. Afinal, por suas contas — e ele só é bom nisso —, a relação custo-benefício me sairá ótima. Não será nada difícil forjar uma derrota quase íntegra na última curva da minha carreira torta.

Ele vai e volta. Alterna velocidade e lentidão. Agudos e graves. Faz questão de me lembrar de que não seria a primeira vez que eu venderia um resultado simulando a legitimidade necessária a não despertar suspeitas, apenas a última. Maneia e varia gesto e tom. Parece um parente desimportante do zumbido. Ou um papagaio, sempre honesto na repetição, jamais sincero no enunciado. Ao fim, estou isolado no corner. Com a guarda baixa, aceito as condições da próxima luta. Enfrentar um adversário disposto a ganhar sem saber do combinado. Alguém mais jovem, sedento e forte, que lutará para valer. E, ao fazê-lo, ser convincente o suficiente para perder de forma crível. Deixar-me abater, não como um frango gordo e mole é degolado na granja. Mas como um peixe arisco é arrancado do conforto da água salgada. Só que, no meu caso, no ringue. Na lona. E no quarto round.

— Pode ser que até lá eu mude de ideia — digo baixinho, acompanhando com o olhar enquanto ele atravessa a extensão da academia e sai pela porta principal. Acredito muito que respira aliviado ao sentir o ar puro do lado de fora.

Desço do ônibus e caminho oito quadras até chegar ao apartamento. O bairro esquecido é coalhado de cortiços. Casas e sobrados com paredes geminadas de cores frouxas, ocres ou descascadas e sem reboco. Os tijolos são aparentes, como as fraturas expostas de um acidentado. Ou o teclado das costelas de um tísico. Em um dos cortiços mora o Magro, um pobre diabo, doido nascido em família de doidos. Seu tio fala sozinho enquanto caminha sem olhar para ninguém pelas ruas daquela parte da cidade. Conversa com o mesmo amigo invisível de décadas. Ou eles, amigos invisíveis, são muitos e se revezam. É um homem forte, daria um boxeador respeitável. Ostenta na face enrugada e nos dentes da cor das paredes a expressão conformada de quem não teve forças para reagir, destino antevisto no olhar do terceiro doido, um menino sardento, irmão menor do Magro. Um aprendiz de lunático naquela casa de pancadas, o mais fodido entre os doidos do cortiço desbotado, onde ainda vive a mãe de ambos, irmã do bronco, lúcida o suficiente para lhes dar banhos semanais, preparar comida diariamente, costurar as roupas e tosar os cabelos dos três.

Passo mais uma vez por Magro ao pegar duas cervejas no boteco da esquina para beber em casa. Sua única ocupação cotidiana é andar com os olhos espetados em algo no chão que aparentemente ninguém vê. Ao achar uma ponta de cigarro ainda fumegante na porta de um bar, dá o bote, rápido e preciso como a língua do sapo na mosca-varejeira. Pega a bituca com os dedos ossudos de biruta, sopra cuidadosamente — porque, apesar de sujo, ele é limpo — e senta sobre a planta dos pés, joelhos dobrados tocando o queixo e tronco rente às coxas, para fumar em meio às conversas dos clientes. Ninguém faz nada para mudar sua vida. Mas todos zelam por sua integridade física, como se fosse um bicho de estimação às avessas, vigiado e protegido da porta da rua para fora. Toda vez que passo por ele o vejo concentrado na mesma tarefa. Sempre em silêncio. Raramente mantém o olhar em algum objeto ou devolve o olhar que lhe é lançado. Às vezes tento interagir, mas logo que entro em cena ele subitamente abstrai. Volta para seu país distante, um lugar onde nós, o resto da humanidade, jamais entraremos.

É assim que, calado, eu lhe desejo boa noite, ou bom dia, dependendo da hora em que me desloco do apartamento para o velho ginásio — mijo, mofo e tudo mais. E é assim que vejo nele um resumo do que nós somos. Pugilistas trocando socos com o ar. Nada atingimos. E, ao final, somos vencidos pelo mais absoluto cansaço.

Mas há coisas sobre o boxe de que Magro sequer desconfia. A melhor dica para uma luta é ter um bom motivo para lutar. O resto é fácil. A não ser que seu adversário pese cinco quilos a mais do que você. Em casos assim, é preciso ter muito pescoço para absorver os golpes de alguém com tal quantidade a mais de massa. Capacidade de assimilação. A forma educada de chamar a resistência para tomar pancada. Também é preciso ser controlado o bastante para não se levar pelo sangue quente. Ser um caçador, preparado tanto para espreitar uma presa por dias a fio quanto para reagir como elástico rompido e chicotear o ar ao redor quando a oportunidade certa surge.

O tamanho de um pugilista é a consciência que ele possui do que é capaz de fazer. A ausência do receio. E a intensidade e potência contidas em cada ação que esboça e pratica. Mas também a leveza absoluta que cada gesto seu carrega. Desde que você também seja ungido por essa marca em sua natureza, quando é escolhido. Ou que a tenha adquirido por direito, quando trabalha muito duro para tê-la. Em ambos os casos, trata-se de processos, construções físicas e mentais emaranhadas, algo bem mais complexo do que desnudar dados e informações com um clicar de dedos nas barras de navegação de um smartphone. Estar no centro do picadeiro requer concentração e sentido. No boxe, isso vem acrescentado de cargas que poucas pessoas suportariam.

Assim são os ringues. Circo e sangue. Por isso, dançamos e sangramos. Tiramos para bailar o demônio que nos habita. Mas, lembre-se, aplacar a sede dele requer atenção. Portanto, esteja atenta. Não fuja. Fugir pode ser a pior escolha, ainda que pareça ter a tinta fresca do alívio. Não há alívio. E cada negação é mais um risco no reboco da inutilidade. Seguiu até estas linhas? Seja bem-vinda. É bastante provável que sejamos irmãos de armas, ainda que a minha melhor elipse seja o gancho de esquerda, e a sua, a diplomacia. Vou me apresentar novamente, agora com mais esmero. Sou um boxeador de 40 anos, cheguei perto do topo aos 25 e desde então só fiz decair, ainda que tenha tombado meia dúzia de pedreiras no intervalo. Estou às vésperas da minha última luta e resolvi recusar um dinheiro muito mais do que razoável que receberia em troca da derrota encomendada. Isso vai me causar problemas, porque não vou comunicar a ninguém minha decisão. Convivo com isso. E com a expectativa da volta do zumbido.

Após uma rara noite bem-dormida, saio pingando do chuveiro matinal à procura da toalha e do espelho com esse pensamento. Mais uma vez, esse espelho fodido em um lugar estranho. O silêncio da minha casa só é quebrado pelo som binário do velho relógio de parede. Seu tique-taque é o incessante rio que invade e vaza, enche e me deixa vazio. A representação do moto-perpétuo que me empurra na direção do próximo segundo. Minha forma de conversar com a ideia que inventei de Deus. É a voz do labirinto da biblioteca infinita, o intervalo entre o começo e o fim. A grande recordação calorosa de tudo. E o som da minha voz, quando estou mudo. Encontro a toalha. Depois dela, me visto.

Já na rua, passo na farmácia para comprar analgésicos. Lutadores fazem mais do que se acostumar com a dor. Domamos as conexões por onde ela escorre e navega. E, ao aprender a lidar com sua manifestação, a incorporamos como uma presença. Aos olhos leigos, apenas adquirimos resistência a ela. Mas em muitas ocasiões amansá-la depende de ajuda química. No caminho, observo um menino que anda à minha frente com uma bexiga carregada de hidrogênio amarrada na alça de um baldinho pequeno que sua mãe comprou no supermercado. Efêmeros, podemos nos perder. Os dedinhos do menino soltam a peça para testar a autoridade da mãe, que o havia proibido de fazê-lo. Ambos sobem até desaparecer, balde e balão, enquanto o menino chora o primeiro contato real com a perda. Minha tranquilidade também pode sumir, escoada ou evanescida, a qualquer momento. Basta, para isso, que eu abaixe a guarda. Somos talvez variações sobre o mesmo tema. Eu, você e o menino sem balão.

Me expresso até bem para um pugilista? É. E você se interessa bastante por pugilismo para uma alma tão sensível. Aprenda então uma coisinha. Nem todos os pugilistas são limitados na retórica e no léxico. São certamente raros, mas alguns se expressam com eloquência e clareza. Até porque nem todos somos apenas pugilistas. Eu, por exemplo, fui talhado para outro ramo. Mas dele nada sobrou. Estudei até entrar na universidade, aprendi outra língua e dividia meu tempo entre livros, boemia e treinos amadores. Tentei ser escritor antes de me profissionalizar no boxe. Mas não gosto de falar disso. Talvez não queira. Ou ambas as coisas.

Os analgésicos surtem efeito. A dor começa a se tornar uma ligeira percepção, algo que me lembra a condição humana e seus limites. Convivo com eles há alguns anos. Boxear até os 40 não é algo simples. Aliás, boxear nunca foi raso, fácil, monótono. Há uma exigência mental que muito provavelmente figura entre as mais duras. Vasculho as gavetas empoeiradas da memória em busca de algo que tenha demandado tanta concentração e entrega. Mas o que me deu algum sentido e meia dúzia de alegrias no percurso agora é só cansaço e sofreguidão. Entenda, Esther, há sempre um momento em que a melhor opção é desistir de tudo. E não me refiro ao suicídio. Aí seria a anulação da erotização da morte, um fim desinfetante. Prefiro as minhas dinamites, os pavios, os destroços das explosões.

No celular chega um convite para um bloco de carnaval. Euforia generalizada. Uma possibilidade real de anestesiar momentaneamente as diferenças. Na folia, todos ficam menos desiguais. Para mim, alguns dias com menos sparrings no ginásio. Tempo bom para burilar alguma tática, estudar o adversário, criar uma estratégia que sobreponha minha inteligência e experiência à força bruta e explosão dele. Uma das figuras me faz lembrar de um sonho tão antigo quanto recorrente. Nele, estou em um bloco de rua que começa a esvaziar e sou interpelado por um estranho cujo rosto vejo apenas de relance, encoberto pelo gorro de uma capa. Começamos um estranho diálogo. À medida que o tempo avança, partes do seu rosto vão se desvendando. Há uma familiaridade na voz, ainda que me pareça mais grave e arrastada do que a sinapse da minha suspeita.

O estranho fala sobre estarmos sós. E dos cordames que sustentam as velas que cada criatura usa ao longo da navegação. Sobre a âncora e tudo que advém dela como indivisível. Também entra na conversa o relógio de parede. E o fogo inimigo que chamuscou a minha blusa para sempre, manchando também o vidro do coração. Ele pede que eu repare em seus dedos longos, e na areia incandescente que escorre lenta por entre eles. Afirma que não pode se permitir cansaço, pois está condenado à eternidade, e por isso fará da minha aventura humana a sua armadura na noite de hoje. Desconfiado por natureza, respondo com perguntas. "Posso contar realmente contigo? Não vai me decantar em moléculas de esquecimento? Como estar seguro de que não me trairá? — e assim sucessivamente. Digo que sou uma aranha que sonha e tece teias ao redor. E que conheço bem a receita do que ele tem a propor. "O banquete oferece alegria. A digestão, dor." Tento esquecer o sonho recorrente. Negar que, ao final da conversa, é meu o rosto, só que envelhecido, sob o capuz. Será mesmo o de uma capa de chuva? Na bruma etílica de um sonho passado em um dia de carnaval, a vestimenta se parece com um roupão de pugilista.

Então, agora que me apresentei mais uma vez, e de forma menos indefinida, nossa conversa não trata de uma simples dica sobre luta, qual a melhor forma de fazer o adversário tombar como uma árvore seca, ou como minar pacientemente a resistência de alguém mais forte do que você (vai aqui um segredo, guarde-o bem e não conte a ninguém: para isso você tem que bater reiteradas vezes em seu fígado, nos primeiros socos você afrouxa a musculatura do abdome, e depois que a carapaça estiver bem molinha chega lá com mais duas ou três pancadas, o sujeito desaba sobre as próprias pernas como um pacote de merda se arrebenta na calçada lançado do último andar de um cortiço). Não. Nosso papo aqui versa outra coisa.

É sobre a tentativa de vencer a ideia da finitude. E o quanto isso é absolutamente inútil. Ainda que completamente louvável e necessário.

Mas, perceba, uma coisa aproxima boxeadores de escritores. Ambos caminham nas sutilezas das bordas do abismo. Ambos flertam com a queda e só se tornam legítimos ao dispensar a rede de segurança. No meu caso, agora, é concreta como nunca a possibilidade do tombo. Falaremos também do zumbido. Ele continua aqui. Muito perto. Calado. E, a respeito da melhor dica para uma luta, você pode optar por não lutar. Assim, perde a chance de pagar para ver ou de determinar tudo que te concerne. Mas ganha bastante paz de espírito. E um rostinho sem máculas, cicatrizes, fraturas e traumatismos em geral. Essa nunca foi uma opção a considerar. Nem quando escrevia, ou tentava escrever. Mas tudo isso está enterrado nas manhas do tempo. Não há, creio, quem lembre as linhas que tracei. Minhas lutas, sim, podem bem ser lembradas por meia dúzia de apostadores ou aficionados. Mas as últimas, desde que tombei pela primeira e única vez, estas só podem fazer parte do clube dos insones das madrugadas esportivas na TV. Ou de uma doida como você, Esther.

A insônia e o nocaute são os cães que me perseguem. Sempre dormi mal. Acordo esmurrando o que estiver ao meu redor. Ar, travesseiros ou quem se aproxima. Mas nunca machuquei ninguém assim. São socos sobressaltados, infantis, desconexos, nada colocado e concentrado com força e movimento, como no ringue, quando o quadril-mola é acionado e uma das extremidades dos braços atinge o tronco ou a cabeça alheia. É isso que cria potência em um ataque. A força na verdade sai das pernas, ganha volume no quadril e se aloja no ombro. Braço e mão são extensões disso, eles devem ser fortes e preparados para que você mantenha a guarda fechada e veja o mundo emoldurado pelos antebraços na frente da cabeça, que é o grande tesouro, ainda que circunstancialmente um zumbido filho da puta venha te azucrinar. Acontece comigo.

Caminho pela cidade. Puxo com força o ar quente da manhã. O fio vital entra nas narinas, acompanhado por doses igualmente generosas de pó de minério e maresia, como as agulhas finas do dentista espetam os focos de dor em uma boca cariada. Lembro aquela noite, já tão distante, em que dormi profundamente. Meu corpo inerte não se moveu. Não resmunguei. Não demorei a mergulhar na escuridão do sono. Apenas cheguei à beira da cama, após o chuveiro gelado, soltei a toalha e desabei nu e exausto. Abandono que nega até mesmo a misericórdia de um Deus sarcástico — e qual Deus não seria diante da nossa finitude? Dormi por quase dois dias inteiros. Tinha acabado de ganhar de presente minha primeira e única lona. Desabei após um cruzado de direita na cara que quase me abre novamente a velha cicatriz curta e profunda riscada na diagonal, logo abaixo da narina esquerda. É uma segunda boca enviesada de lábios finos, congelada na tentativa de um beijo tímido na boca maior e verdadeira. Ela me dá um ar cubista. Foi um nocaute para sempre.

A primeira derrota deflagrou em mim a necessidade de apagar. Por isso, naquela noite, acordei, revirei os olhos enquanto levantei o tronco na tentativa inútil de compreender e reagir, mas tombei novamente. E dormi mais, mais e mais, até que no meio da madrugada da segunda noite acordei transpirando como uma estopa usada. O exato instante do despertar foi semelhante à tentativa desesperada de fugir de um afogamento involuntário, mas totalmente conhecido. E veio na forma de nadar no sólido na direção do ar, "rápido, rápido, rápido", como quando bato no saco de lona ou em um adversário e repito o mesmo hino marcial, "mais rápido, seu idiota, fuja para que acreditem que você tem medo, finja pavor nos olhos, porque só assim o anjo negro, que pode ser Deus com sua bocarra, se tornará apenas uma sombra gelada projetada na parede ou no chão". Só assim seu adversário pode ser iludido. E o boxe, assim como a vida, é isso. Um jogo de ilusão, uma pantomima com coreografia imprevisível.

Então, quando tudo e todos parecerem crer em sua fuga, volte. Sem aviso. Sem arroubos. Não rosne nem contorça a boca. Apenas volte. E, infalível como o gatilho de uma arma de precisão, dispare um único e preciso golpe que acerte a ponta do queixo do cara que quer arrancar sua cabeça — anjo alegórico ou boxeador desesperado. E, enquanto ele não cair, mantenha a guarda tesa. Não sorria. Não conte com a vitória antes de a contagem chegar no dez. Apenas dê um passo à frente, ou para trás, conforme o caso ou ângulo pelo qual o outro despenca. E só após o final considere o fim. Até lá, ninguém está a salvo. E o destino, ou a ideia que você faz dele, pode te pregar uma peça. Como pregou em mim quando beijei a lona.

O apito da fábrica de chocolates me indica 11 horas. Tanta doçura espalhada no ar por suas chaminés, tanto amargor na manada condenada. Atravesso a ponte e vejo as duas cidades de cima, cingidas pela baía. No trajeto, já na ilha, passo em frente a um terreno baldio com tapumes ao redor. O local que abrigava um teatro antigo parece uma amputação na carne da cidade. E é. O prédio foi abaixo para dar lugar a uma delegacia da Receita Federal. Deus nos defenda.

Meu celular vibra novamente no bolso da calça. Ao checar o aparelho, reparo que perdi uma mensagem de Saul, meu amigo e antigo editor. Não o vejo há anos. Ele tentou publicar meu livro perdido. Uma novela sobre o arrependimento com uma personagem que recusou arrepender-se. Toda vez que bebíamos, e isso acontecia com uma frequência mais do que agradável, ele cobrava a conclusão da narrativa. Após subir quatro ou cinco degraus etílicos, Saul tinha um tique. Passava a esticar a última vogal das frases. "Você tem que publicar essa porra desse livrooooo..." Rio sozinho da lembrança. O manuscrito está envelopado. Sem título. Todos esses anos e não o abri mais. Penso no quão ocre estarão as páginas ácidas que rabisquei. Penso no que você diria do que está nelas, meu amigo. Mas, nesse caso, autor e obra estão cingidos. Na mesma proporção em que a massa continental que acabo de deixar está separada da ilha onde acabo de pôr os pés após cruzar a ponte e descer do ônibus. Apenas o invisível une as duas coisas. Mas o abismo é profundo. O oceano, turvo. E há um emaranhado de cordilheiras submersas. Cada uma com suas fossas, suas rugas, suas moreias.

A dor começa a se recolher. Mais pela lembrança do que pelo analgésico. Entrego-me a outra sessão de treinos. Os dias deixam de correr lentos e gordos, como o zumbido quando surge, e passam a picotar meus atos cada vez mais rápidos. Ao final do dia, me arrasto para casa. Busco algo que me prenda a atenção. Nada consegue. Controle remoto, computador, música. Passo por tudo sem nada ver. Vivo agora o prenúncio do ziiinnnnn decepador de cabeças. Ontem minha ex-mulher ligou para lembrar a véspera do meu aniversário. "Parabéns para você." Hoje completo 40 anos. Seu afeto escrupuloso e cheio de palavras medidas remete ao esforço que se tornou me centrar na tentativa frustrada de escrever um romance. Naquele tempo, a procura cirúrgica pela palavra exata ao escrever, a inutilidade dessa procura para meu vizinho e para o japonês da banca de revistas, a entrega ébria ao devaneio, e a forma como isso me engessava e me levou a destruir o meu entorno. Meti os ingredientes em um liquidificador enferrujado. Bati a gororoba e virei. Mas houve algo mais. Um gesto que vive no campo do não dito. Algo que não se mistura a nada.

Abandonei ambição, afeto e literatura, e só recuperei algum sentido no pugilismo. A literatura tenta desvendar a grande armadilha da existência: nascemos sem ter pedido, ocupamos um corpo que não escolhemos e somos destinados a morrer. Mas o espaço do mundo nos proporciona permanentes possibilidades de evasão. Em detrimento disso, me atirei de ponta-cabeça em um ramo que é a própria existência prenhe de armadilhas. Inverti a polaridade. Na essência, sigo igual. Sistematicamente me entreguei com paixão à nova atividade. Até o primeiro e único nocaute. Depois, tornei-me gradativamente frequentador dos ringues mais moribundos do país. Algumas derrotas, todas por pontos, entremeadas por vitórias expressivas, mas sempre um passo adiante e outro atrás. Com o tempo, a anilha foi apertada. Passei a lutar não mais pelo país, mas apenas dentro do estado. Agora, só me resta a cidade. Esta mesma. Porto, apito da fábrica de chocolates e tudo mais. Um círculo que tenta separar de forma bastante clara o que é dentro e fora da jaula. Perfumados do lado de cá. Transpirados para lá. Limpos e bem-vestidos, sentados na frente. Rotos e amassados nas fileiras de trás. Quase consigo ouvir a voz estridente de uma coordenadora escolar ditando o posicionamento dos grupos. Como uma fuinha, um rato, um roedor qualquer, sujo ou bonitinho, essa voz personificada e os rostos que lhe dou cavucam mais e mais fundo o abismo que separa quem está dentro de quem está fora. Rio na cara da minha personagem imaginária. "Adivinha só!" — repito mentalmente. "Não há nada mais a roer, ratinho assustado. Por cima dos ossos, o que te serviria está embebido de veneno."

Acordei com sono. Péssimo para quem se prepara para uma luta. Inadmissível para quem decide ganhar. Na boca, o gosto de ressaca do telefonema de ontem. Por que ser tão óbvia e exata, ligar cordata e bem-intencionada para me desejar tudo de bom, quando por baixo da pele fria guarda mágoa e rancor? Por que nos agarramos — a pergunta vale também para você, Esther, não apenas a ela e seu telefonema, ou a mim e meu zumbido adormecido —, por que nos dependuramos nesses fiapos de permanência? Basta entender que tudo é transitório, como um capítulo jogado na lixeira ou um gancho que perde o alvo e morre no ar, para nos desembaraçarmos desse novelo escroto e lambuzado que nos prende e do qual pendemos. Ao menos na teoria deveria ser assim. Mas não, somos polidos e exatos, com toda a previsibilidade do mundo ao nosso dispor. Basta escolher, destampar e despejar na água quente por dois minutos. Pois aos banquetes famélicos da falsa euforia muito prefiro a indigestão da dor. Pena ter entendido isso só agora, prestes a inventar a minha pessoal e intrasferível disputa imaginária do título mundial. Para depois, em silêncio, sumir com o mesmo sorriso na cara do tal Deus sacana, onisciente, mas na maioria das vezes impotente por incapacidade ou desinteresse.

No trotar cotidiano na direção do ginásio, tenho a sensação de que tudo ao meu redor se desmancha. Ao passar pelas ruas, vejo os tijolos dos prédios saltarem um a um em voo suicida na direção do chão. As janelas de vidro planam no ar como folhas perigosas de papel. Tudo está de pé, mas a cada passo tudo desmorona ao meu redor. Como disse, resolvi dedicar-me plena e exclusivamente ao boxe quando renunciei à escrita. No começo, a transição foi natural, sempre me dividi entre dançar no ringue e dançar nas pautas de uma folha em branco. Mas, após alguns contos e resenhas publicados avulsamente em jornais e revistas, o romance que escrevia escapou por entre meus dedos. No lugar de abandoná-lo, fui enredado pelos tais fios finos que me eram tão duros para desatar, tão resistentes ao corte. Insisti. Até me perder abruptamente em seu labirinto de tinta. E não encontrar mais entrada ou resquício de labirinto algum. Essa foi a primeira queda. A partir dela, minha vida se desenrolou nos ringues, rios lamacentos onde procuramos pedrinhas brilhantes. Porcos, escritores e pugilistas se irmanam nisso. Atolar-se cada vez mais à procura da lama mais fresca, da palavra certa ou do golpe mais bem aplicado são faces semelhantes da mesma cilada. Assim no ringue como no verbo. Assim no verbo como na lama. Ao final, seremos todos servidos com maçãs à boca nos banquetes da alegria.

A única liberdade real do ser humano é sonhar. Pois, em detrimento de não ser livre nessa roda incessante de perdas, danos e enganos, letras e menções horrorosas, dispensei solenemente o direito a tal redenção. E não conseguia achar graça ou deixar de fazer troça da capacidade do ser humano de acreditar nisso. Já não mais encontrado o caminho da palavra, resolvi me entregar à rotina que julgava real. E minha busca não deixou de ser obstinada, como a procura pela palavra exata move um escritor em meio à tempestade antes ou durante seu convicto ato de contrição. Vejo algo próximo do que chamam poesia ao colocar os protetores bucais e ouvir soar o gongo, o que exige de mim quantidades iguais de motivação e raiva, velocidade, precisão e controle. Concentração. Isso é o que buscamos. Momentos em que a vida se adensa e tudo que é a sobra gordurosa do excesso pode e deve ser cortado impiedosamente. Como na edição de um texto. Ou ao encontrar o caminho mais curto para nocautear quem está à frente. Via sentido nesse gesto, brusco e evidente, como talvez você veja ao se aventurar diante de uma folha em branco, difusa e inútil tentativa de apreensão. Agora já não vejo mais. Perto de encerrar a elipse negativa que desenhei em minha carreira no pugilismo, tenho a confortável certeza de ter esquecido completamente o sonho, ou qualquer sentimento próximo a esse embuste. E, assim, limpo da farofa que cai no colo quando se devora o tal porco, começo a entender, de forma real e resoluta, que o único sentido desta vida reside na própria experiência de estar vivo. Do sonho ao real, caminho sobre uma corda esticada sobre o nada. Ela tem a espessura das cordas do ringue. Mas não consigo ver onde termina. Chego ao ginásio onde treino. Outro não lugar.

No final da troca de luvas com o sparring, o empresário de meia-pataca surge. Bigode fino, cabelos grisalhos penteados milimetricamente para trás e outra camisa sintética. Meu Deus, onde esse homenzinho encontra essa oferta de camisas ridículas? Chega com seu sorriso indecifrável, emoldurado por uma maciez de alvejante. "Detesto gente que nunca se amarrota", penso ao descer do tablado. Ouço sua voz sibilante, novamente emoldurada pela sinestesia da inspetora de escola primária.

— Vamos, vamos, vamos. Tome uma ducha e se vista. Temos uma entrevista no jornal.

Dessa vez o merdinha nem esperou o velho Riba ir embora. Meu treinador olhou com uma ponta de tristeza e desaprovação, seguida de um suspiro, como quem diz: "Vá. É a última. Encerre logo isso tudo e vá viver." Banho frio, roupas limpas, material de treino na sacola, entramos no carro. O ar-condicionado potente gela ainda mais meus cabelos molhados.

Rodamos da zona norte à zona sul da ilha. Como toda cidade, esta é fendida pelo valor dos boletos de IPTU, à medida que avançamos por avenidas, cortando bairros e logradouros, vamos nos aproximando do Centro, com seu casario antigo, ruas mais sujas e população mais mestiça. Um pequeno retrato do mundo. Onde se via há meia década um ou outro morador de rua, hoje se veem famílias inteiras, duas, três gerações relegadas à mendicância. Flagelos e flagelados, os personagens reais dos porões da miséria humana, onde a cada dois anos candidatos se materializam como vírus, saindo da cristalização para reviver, municiados com santinhos, jingles, tapinhas nas costas e sorrisos edulcorados.

A brisa é quente, pastosa e ardida. Restos do último desfile de carnaval rolam pelo asfalto gorduroso. O suor dos sobreviventes empapa a paçoca de plumas quebradas, colares deformados, desespero, pele e ossos varados pela fome e por cortes mal curados das porradas todas da vida — eles percorrem as ruas, esquina após esquina, cadáver após cadáver, como pássaros nervosos. Alguns correm com as mãos em garra, como o bico de um pássaro faminto pronto para carpir um grão abandonado no chão. Momentaneamente saciados, famélicos e sujos, voltam a caminhar por entre os escombros, o andar assustado dos pombos, a espera pela próxima morte, a pessoal, a alheia, a inadiável e onipresente aniquilação que paira no ar.

"Tudo é deserto, tudo em mim desespera e seca" — entoa em um dos semáforos uma senhora, mas bem pode ser uma moça cuja força vital foi arrancada aos drenos. Voz ganida. Pele de pergaminho submetido a constantes processos de secagem e encharque. Ela segue recitando um poema muito antigo, "tudo ecoa, tudo em mim ressoa, o cheiro da morte assoma tudo que vejo e toco. Venham, meus filhos, restam-nos poucos dias até tudo estar irremediavelmente perdido. Temos pouco tempo para contemplar o que fizemos em tantos séculos. Daqui a pouco acho que vai ser o fim". Rudinho arranca com o carro. A missa dos desesperados fica para trás, até se perder no asfalto.

Três semáforos adiante, já no limite de outro bairro, vejo dois meninos brincando com trapos nas mãos à guisa de luvas de boxe. Fingem ser pugilistas, e um deles até consegue mimetizar muito bem o balanço e a ginga de um verdadeiro boxeador. A imagem me enche de ternura e desalento. Tantos sonhos natimortos, tantos caminhos tortos, entorpecimento e morte soprando de cachimbo em cachimbo, a grande boca cariada que é a área mais esquecida da cidade, sua viscosidade nas ruas onde o chorume escorre e lambe vagarosamente os bueiros e os pés descalços, os moradores de rua que em meio à lama mais absoluta conseguem dividir restos de comida com cães vira-latas, e a gratidão que estes lhes dedicam, maior e mais digna do que seria possível à maioria dos seres humanos. Para o horror da classe média furiosa, cenas cada vez mais democratizadas em toda área urbana.

— Nada mais está dentro ou fora — resmungo. Tudo é dentro. E estamos todos dentro da jaula.

— Cris, Cris, vivemos tempos duros. Segunda década do século XXI, caríssimo. Um tempo que não comporta a poesia.

Estremeço de leve e cerro o punho esquerdo ao ouvir o comentário. Machado de Assis rasga repentinamente meu pensamento: *"Não a matei por não ter à mão ferro nem corda, pistola, nem punhal; mas os olhos que lhe deitei, se pudessem matar, teriam suprido tudo."* Rudinho torna-se uma Capitu repulsiva, a quem eu jamais tocaria. Ao menos o idiota percebe meu olhar supressivo.

— Dom Casmurro — suspiro olhando pela janela do automóvel.

Ele trata de mudar de assunto. Com a rapidez de um lutador que sai das cordas e coloca no lugar seu adversário.

— Você já parou para pensar... — tenta entabular uma conversa, no que é imediatamente interrompido.

— Estou sempre pensando — devolvo invalidando momentaneamente seu movimento veloz, mas débil.

— Na luta. Quero dizer, em simular a derrota nessa luta, já pensou? Sua carreira foi instável, vitórias contundentes até aquele nocaute. E, depois disso, uma ou outra, entremeadas por derrotas em momentos-chave. Mas todas por pontos. Você sempre foi uma rocha duríssima de derrubar. Caiu uma só vez. E para um adversário que se tornou campeão do mundo por duas entidades. Na verdade, muita gente não entende por quais motivos sua carreira não deslanchou. Como será isso? Como é isso na sua cabeça?

Olho fixo para sua cara macilenta. Não respondo. Ele entende o que não digo. Após longos segundos de silêncio, muda a estratégia.

— Mas vamos, pense comigo, é bastante bom o dinheirinho que vai ganhar, e em troca de uma derrota a mais, convenhamos, você se deu foi bem, não é?

Por pouco não arranco sua cabeça com uma cotovelada. Qualquer resquício de dúvida em mim é dissipado nesse instante. Você cairá, seu cara de couve amarela. Não eu.

— Você pode inclusive...

— Como será a entrevista? — pergunto, impedindo-o de seguir com o tema.

— Aham — pigarreia para demonstrar descontentamento com a interrupção. — *O Diário* vai fazer um perfil de cada um dos doze lutadores da Noite no Inferno — estica as mãos ante o para-brisa do carro como se colasse um cartaz em uma parede imaginária. Quase levei um tranco com a pobreza do nome.

— Noite no Inferno? Você inventou essa sandice?

Ele não se dá por vencido.

— Mas vamos, pense comigo, estamos perdendo terreno para o MMA. E não é um excelente apelo promocional?

— Não. Não é. Esse nome é uma merda. E a ascensão do MMA é a cara deste mundinho em que vivemos. Não há nobreza alguma em socar alguém que está no chão, indefeso... mas também não há nenhuma nobreza em vender um resultado. Dane-se. Mas Noite no Inferno? — digo, imitando com afetação seu gesto imaginário de colar o cartaz na parede imaginária e sua voz aguda. — Francamente. Lixo.

Ele sorri nervoso. Tivesse mão e coragem suficientes, tenho certeza, acertaria um cruzado no meu nariz.

— Chegamos — murmura entre aliviado e odioso —, a redação fica no terceiro andar.

Tudo isso te assustou, não é, Esther? Não. Não fique assim. Poucas coisas me comoveram mais nos últimos anos do que a sua fé cega nas palavras. Por isso aceitei te contar a minha história. Por isso, com ou sem suborno ou zumbido, acredito desesperadamente na força do aperto da sua mão. Preciso apertá-la mais uma vez, preciso sentir que o mundo continua tangível, preciso parar de olhar para tudo como se fosse eu o indecifrável enigma. Não imaginava que seria assim quando o jornal te deu um bom espaço para contar uma história pitoresca após a entrevista com os doze patetas? Você procurou. E vai encontrar o que te concerne.

Lembra como nos conhecemos, na redação abafada entre máquinas e pressa? Entrei nela com o abscesso que distribuía sorrisos e ingressos para as lutas. Após uma conversa amistosa com o editor de esportes, deixei os dois e fui até a máquina do café. Enquanto aguardava, observei você tirar com delicadeza e precisão os copinhos de plástico do invólucro, posicioná-los na saída da máquina e selecionar a bebida desejada.

— Curto ou longo?

— Curto, por favor.

— Veio para a entrevista?

— Sim. Essa bobagem arrumada pelo empresário. Aquele homenzinho com camisa ridícula — apontei.

Foi então que vi pela primeira vez seu sorriso e a covinha que o acompanha surgir na bochecha direita.

— Eu sei quem ele é. Rudi Verten. Ele é...

— Uma alma sebosa.

Segundo sorriso em trinta segundos.

— Que interesse pode despertar nos leitores uma noite de lutas longe das primeiras posições no ranking, mas tratada por esse babaca como um espetáculo imperdível? Além disso — repare, eu conheço jornalistas, um dia quase fui um —, tudo que direi será evidentemente distorcido. Só para temperar a salada insossa.

Você já se deslocava, mas estacou ao me escutar. Enquanto eu falava só conseguia imaginar como seria se o zumbido ressurgisse agora, como o anjo exterminador me tocaria com suas asas sagradas. Um simples roçar de plumas e eu começaria a desaparecer, talvez para voltar em outra arquitetura, talvez para permanecer desconstruído.

— Por que você está me olhando assim?

Adoro quando uma mulher pergunta isso, principalmente se, ao fizer, enrubescer. Geralmente a pergunta ocorre simultaneamente a um quicar do olhar no chão, a marca do recato e da timidez. Deu vontade de pedir "repete", mas só consegui sorrir e imaginar que o olhar faria o mesmo percurso, beliscar o piso e voltar fitando firme minhas órbitas fundas e escuras. Retruquei suavemente, sem desviar um cisco do olhar.

— Por nada.

Ambos não acreditamos na resposta. Soubemos disso na hora.

— Minha vontade é beber esse café e sair o mais rápido possível por aquela porta. Vim para cá a contragosto.

— Açúcar?

Fiz que não com a cabeça sem mudar a intensidade do olhar. O que diria, Esther, se pudesse compartilhar o zumbido? Desapareceria? Gritaria? Derrubaria no chão o que estivesse segurando? Você puxou dois expressos e os trouxe, um em cada mão. Delicada, sabia que me deixaria nas cordas. Era só querer.

— Você é o cara da luta? — perguntou com o copinho de café quase na boca.

— Eu e mais onze. Sou um deles. Lutar é das poucas coisas que não se pode fazer sozinho.

Sorriu de novo e com a mão na cintura disparou:

— Acho tudo isso muito bruto.

— É. Realmente, é bruto mesmo. Mas, por mais que seja ruim, é o que faço melhor.

Clinch. Seus olhos quicaram no chão e ricochetearam nos meus, dessa vez, com vagar.

— Sei, é o melhor do seu pior.

Rápida e precisa. Como eu poderia adivinhar, Esther?

— Talvez. Mas o pior do seu melhor também não é tirar café da máquina, certo?

Riu da minha resposta.

— Não. Meu nome é Esther Miller. Sou pianista da Sinfônica de Berlim. Nas horas vagas, trabalho como repórter na bela redação do *Diário* — disse mostrando com um gesto largo a sala barulhenta. Fiquei feliz em saber que ainda existe ao menos uma ruidosa neste país de jornais assépticos, mais parecidos com centros cirúrgicos do que com um salão onde se completa a apuração e muitas vezes se distorcem os fatos.

Estendeu a mão firme. Tive todo o cuidado ao tocá-la. Rimos novamente da ironia.

— Cris Machado Amoroso.

— Você é o Cris Machado Amoroso? Pesquisei sua trajetória. Vai se aposentar, não é? E esse apelido?

Ri, balançando a cabeça.

— Cris é apelido. O meu nome é Cristiano.

Você apertou os olhos e disparou:

— Estou me referindo ao Machado Amoroso. Corta fazendo carinho? É esse o trocadilho?

— Não, moça, é meu sobrenome, Machado Amoroso. Detesto trocadilhos. Com todas as forças.

— Eu cubro as pautas especiais do *Diário*. Criamos uma seção chamada "Por onde anda...", e você, um lutador quase conhecido, perto de largar as luvas, poderia ser perfeito. Aceita conversar comigo?

Quis dizer ironicamente "já estamos conversando", mas achei que você poderia interpretar como uma indelicadeza. Em se tratando de conversar com um pugilista, todo cuidado é pouco.

— Quase conhecido seria como uma celebridade de quinta? Conheço um tanto de gente assim. Aliás, hoje em dia é o que mais tem.

— Já pesquisei sobre você — afirmou, me cortando. (Ah, essas malditas máquinas conectadas à rede em todo lugar, permitindo que as pessoas investiguem sua vida privada.)

— Então você veio tirar este café de propósito?

— Não, bobo, eu percebi que você não conseguiria achar o botão e quis te ajudar.

Uma jornalista vivaz e irônica. Assim como eu, um pretenso escritor que se exilou no pugilismo. Ambos condenados ao exílio. Chegou a hora de falar, pensei, enquanto o silêncio engordava alguns segundos. Disparei com o que tinha à mão:

— Não gosto de falar a meu respeito. Nada interessante pode sair de um pugilista que sequer chegou a figurar...

— No top ten. Eu sei, não disse que pesquisei sobre você? Assim que seu amigo da camisa berrante mandou o release com o nome dos lutadores, lembrei. Há alguns anos você chegou perto do topo. Sempre se destacou dos outros pugilistas pela expressividade, por manifestar opinião sobre tudo. Curso universitário incompleto. Jornalismo. Sorte sua. E tinha, ou ainda tem, a mão muito pesada, e uma capacidade medonha de absorver golpes. Perdeu lutas por pontos em que, ao final, seus adversários iam para o hospital urinando sangue enquanto você saía para beber e dançar. Mas desde que foi nocauteado nunca mais recuperou o prumo. E lá se foram treze longos anos.

Parecia que outra pessoa, e não ela, havia dito as últimas frases, cujas palavras saíram espaçadas, encorpadas, reais

— Sério que tem tanta coisa assim ao meu respeito?

— O jornal tem um arquivo. Pouquíssima gente usa, mas sou uma jornalista à moda antiga.

— Arquivo? Ainda se usa isso em redações de jornal? E os sites de buscas?

— Ainda há coisas que só existem fora deles. Informações sobre você, por exemplo. O sistema de consultas tem uma ferramenta de cruzamento de dados bem interessante. Não foi difícil te rastrear. Quando recebi o release, aliás, muito mal escrito, o seu nome me chamou atenção.

— Sou filho da classe média, moça. Infância feliz, família amorosa, passeio no Tivoli, telejogo, afeto e proteção. Boxeadores com esse histórico não chegam ao topo. Não há grande pugilista vindo da classe média. É preciso querer muito sair da adversidade, ou da merda mais profunda e engolfada, para triunfar no boxe. Estamos falando da atividade física mais dura inventada pela mão humana, desculpe o trocadilho. Uma atividade que pode até mesmo deixar sequelas nos que nela se aventuram. E que também pode matar.

— Mas, fora essa cicatriz na boca, e as outras pequenas ao redor dos olhos, você está inteiro.

— Estou?

Silêncio. Xeque, Esther. Não havia mais a jornalista curiosa na busca por um personagem. Havia algo demasiado humano no azul dos seus olhos. E isso eu nunca mais esquecerei. Foi como se dissesse, ainda que não me conhecesse — e isso talvez jamais aconteça —, "isso é o que você é e é isso que me interessa. Nada mais".

— Vou lutar em aproximadamente seis semanas. Você vai querer ver?

— Hum hum — respondeu —, mas o que quero mesmo é escrever sobre você.

Isso foi há quanto tempo, Esther? Um mês e meio? Uma eternidade? O que você descobriu a meu respeito, desde então? O que vai descobrir ao virar a chave?

A coletiva no auditório do jornal é a porcaria esperada. Os lutadores somos chamados aos pares. Tentam criar pompa na circunstância. Conseguem no máximo a cafonice. Observo as duplas caminhando até a mesa de entrevistas. Um novato ruivo e cabeçudo me chama atenção. Apesar de ser um meio--pesado muito forte, sua cara de criança emoldura algo ainda mais denotativo, revelador. Um olhar que mistura ternura e medo, curiosidade e admiração. Coisas impensáveis no nosso meio, onde o embate começa exatamente nos olhos, que devem ser frios, afiados e secos.

Ao ser chamado, suas pernas avançam sutilmente vacilantes. Não tremem, mas são percorridas por um balanço sutil nas panturrilhas, que sobe para as coxas, depois até o quadríceps, para dar a volta e se instalar finalmente nos joelhos. Você jamais perceberia isso, Esther. Te falta o fio desse olhar. Você não é pugilista. O rapaz tentou ser resoluto e superior, mas a impressão soou falsa. Para nós é possível identificar o pavor escorrendo pela lateral do rosto na forma de um rio de suor, as narinas levemente dilatadas, touro à espera dos picadores, os lábios entreabertos, prontos para a palavra ou a mordida. Havia nas mãos ligeiramente retesadas a esperança toda de ser absolvido, no caso, aceito. Porque a condenação seria voltar ao fim da fila, retomar a roda viciada dos aflitos para lá na frente ser novamente julgado. Seus companheiros estreantes partilhavam o mesmo naco de angústia. Muitos seriam libertos dos gradis daquela aflição, outros fariam o caminho de volta, e lá mastigariam a mesma cantilena, ruminando a esperança da licença, tornar-se profissional, para assim poder sonhar com dinheiro e prestígio.

Há um requinte sutil de crueldade em qualquer jogo. Nenhum dos estreantes volta pelo mesmo caminho, independente do resultado. Assim, a espera ganha o tempero da dúvida. Todos estavam irmanados neste círculo, a consistência da espera e a fúria silenciosa da fera. E ninguém poderia fazer nada pelo outro, aí residia outra aresta do diamante da persuasão e domínio. Do encontro com a verdade imposta pelo resultado derivará todo o resto. Enfrentar isso é um momento pessoal e intransferível. Cada um é só diante da máquina. Nada pessoal.

Chega a nossa vez. O locutor que nos chamou foi absolutamente indiferente à tentativa do meu adversário de demonstrar força e confiança. Vou lutar com um homem tolo. Ele controla os tremores que o sacodem por dentro, não é um eletrocutado agarrado ao fio de alta tensão, é muito mais dentro do que fora a ebulição. Seu núcleo exterior é granítico. Logo, o interior é inatingível. A imagem da derrota inevitavelmente brota de onde a construo e tentei manter cativa. Fica o gosto de ter que voltar a fazer tudo de novo. Seria uma incrível perda de tempo. Tempo. Tenho que ser atento para não perder seu fio arisco que corre sempre na frente, sempre em frente.

A cantada de pneus na via molhada me suga de volta ao mundo abafado, suspenso três andares acima da avenida movimentada. Lá de baixo, uma voz roufenha diz "amém, meu Pai, obrigado, amém, nós todos". Encobre momentaneamente a lambida da borracha no asfalto, e infiltra-se no silêncio da nossa caminhada até a mesa. A sirene grave de um navio no porto, entrando ou saindo — haverá sentido em dar importância a este sentido? — ganha o ar e entra pela janela, invasora. E em mais seis ou sete apitos se repete, como se quisesse lembrar "ei, eu estou aqui, eu sempre estarei aqui". Um diálogo da sirene do navio com o Magro provavelmente passaria despercebido, não fosse estar tão perto de tudo acabar. As últimas luvas, o último corner e finalmente o lado de lá. Seja lá o que isso for.

O resto foi o de sempre. Jornalistas com perguntas viciadas, jovens lutadores com cabelos descoloridos ou cheios de desenhos feitos à navalha, ensaiando caras de mau e respostas prontas. Muito brilho, muitos sorrisos e uma ou duas caretas na hora da foto oficial. Meu adversário faz falsa menção de partir para cima de mim e é falsamente contido por seus acompanhantes. Olho para ele com desdém misericordioso. É apenas um babaca forte e boquirroto. Sua altivez denota mentiras — a mesma velha cantilena tantas vezes vista e ouvida "o boxe me salvou, se não fosse pugilista estaria morto"...

e mais meia dúzia de frases instantâneas. Poucos sabem, mas é mentira. Ele usa uma historinha triste e inventada como marketing pessoal. Fosse escritor, estaria na voga daqueles que tentam transformar condição social ou sintoma clínico em qualidade literária, quando no fundo são amarradores de fieiras de clichês, um enfileirado atrás do outro, até que se tornem algo parecido com um poema ou um conto. Agora me deu ainda mais vontade de fazer o bostinha beijar a lona.

Após os protocolos, saio à francesa. Deixo para trás o burburinho dos bajuladores, os promotores de eventos, as meninas gostosas querendo se promover, os lobos e as lobas querendo comer as meninas gostosas, o assessor do assessor do assessor e mais um bando de gente inútil que estava lá sem saber absolutamente nada sobre o boxe e sobre a vida. Todos a passeio na superfície da Terra. "Mas o que eles deveriam estar fazendo ali, afinal?" Claro, Esther, às vezes eu antevejo suas perguntas, veja só, tão pouco tempo e já conheço seus atalhos. Eles estão cumprindo, eficientemente, suas funções. Muito barulho por nada. Muita pose a cada dose. Ganho as ruas molhadas por uma chuva recente.

"Amanhã preciso levar botas e luvas ao sapateiro", é meu pensamento úmido. A cada passada o eco estala ao redor. Caminho por uma boa meia hora até chegar às imediações de casa. Subo a pequena ladeira de paralelepípedos. Percorro o mesmo trajeto dos dias da minha infância. Ao vasculhar o bolso do casaco em busca das chaves, minha mão esquerda toca um cartão. O seu telefone, Esther. Você também conseguiu o meu, ainda que eu tenha relutado, a princípio, em contar qualquer coisa a meu respeito. Tentativa inútil de esquiva e defesa. Você conseguiria, como realmente conseguiu, arrancar o que quisesse de mim.

Morei nessa parte da cidade quando menino e voltei há poucos anos. Conheço-a como a palma das minhas mãos embrutecidas. O sopro de cada folha me é familiar. Esbarrar pelas ruas com os moradores daquela época é um mergulho no poço mais profundo, misterioso e denso que posso criar. Espelhos negros, eles me traduzem em negativo e sombra. E, ao me decomporem, compõem o que me tornei. Ou o que pretendo ter me tornado. Meus mortos andarilhos, meus fantasmas afetivos alegóricos. Como será que me veem vocês, vistos assim por mim? Perto da casa do Magro morava uma linda mulher. Tornou-se uma senhora de olhar triste, fio de prata na testa. Sua beleza está contida em um corpo reprimido. Sempre que vou correr, com ou sem zumbido, vejo sua sombra cansada, uma estrutura em colapso impressa na janela. Tivesse ela encontrado um saco de areia no caminho há trinta anos, ou uma folha em branco e lápis ou caneta, as coisas poderiam ser bem diferentes. Uma rua abaixo vivia a Tia Preta. Todo mês de setembro ela distribuía saquinhos brancos cheios de balas com Cosme e Damião estampados em verde e vermelho no verso. Carinhosamente ela nos chamava, a mim e meu irmão, de caboclinhos. O bar da esquina, hoje devidamente demolido e transformado em loja de colchões, tinha cheiro de engenho de cana e sempre acolhia rodas de jogatina. Na placa puída se lia Querubins. Um céu estrelado de álcool e tabaco com seus anjos caídos, Miúdo, mendigo cuidador de um cãozinho que lhe tinha a mesma cara, e Britador, uma flor de bêbado que não fazia jus à aparente agressividade. O cãozinho sarnento se chamava Leite em Pó. "Você sabe como é, tem muita criatura abandonada nesse mundo precisando de atenção", resmungava Miúdo sempre que perguntado sobre o animal. Quando o bicho morreu atropelado, Britador fez uma lápide improvisada e fincou no canteiro da esquina do Querubins. Meses depois, chorou copiosamente a morte de Miúdo, que pareceu esvair de desgosto ao perder o animalzinho de estimação. Seus corpos cansados guardavam, cada um, uma pisada diferente. Como impressões digitais, um estar no mundo traduzido pela forma como a planta dos pés toca o chão e se descola. Algo pessoal e intransferível.

Na esquina oposta, no primeiro piso de um sobrado, há uma loja de games e parafernálias eletrônicas. O local da antiga academia de boxe, onde tudo começou. Eu tinha 13 anos quando fui atingido pelo som. Nas semanas anteriores, a volta da escola foi embalada pela curiosidade com a reforma que precedeu o início das atividades. Martelos, serras, serrotes e uma voz ditando ordens e arrancando alguns sorrisos dos operários. Até o dia em que foi possível escutar da rua as cordas raspando no chão a cada volta, o baque seco dos socos nos sacos, o ritmo frenético dos punching balls, as instruções dadas em sotaque caribenho, um tom que se intrometia por entre os outros ruídos. Depois, a plástica. O cartaz branco, azul e vermelho, com a silhueta de dois sujeitos em plena luta no ringue. Academia Buena Vista — boxe/ método cubano. Ao entrar, luvas coloridas, espelhos e cordas, protetores de cabeça e sapatilhas. E o movimento. Uma dança sem marcações prévias, mas com um objetivo claro.

Aquilo me fisgou com a mesma potência dos livros que minha avó, hispano-americana como o professor de pugilismo, me incentivava a ler. "Venga, muchacho. No tengas verguenza." Assim conheci o cara que me ensinou a boxear. Anos depois, já adulto, percebi a ironia de ter um professor de boxe nascido em Cuba chamado Fidel.

A primeira lição foi reaprender a andar. Não da forma como caminhamos fora do ringue, no mundo. Lá, as regras são outras. No tablado, sua marca de nascença é rebuscada, você continua caminhando de maneira única, mas sofisticada e aplicada às centenas de elipses que o centro de gravidade faz ao longo de doze ou quinze rounds. O princípio básico é nunca cruzar as próprias pernas diante do adversário. Cada um com sua pisada, como meus fantasminhas amados, mas todos, na vida, na memória e no ringue, brincando de não estar onde estão. Precisão, frações de segundo, prestidigitação. Nunca duvide dos instintos e lute sem que isso seja um esforço mental. Incorpore movimentos ao seu repertório e aumente-o, torne-o parte de si. Como os aços de ligas diferentes são amalgamados em uma forja para compor algo nobre, puro, inquebrável. Força e elasticidade. Os pés flutuam. E, quando necessário, raspam muito rente o chão.

O que iguala pugilismo e existência também passa, a princípio, por adquirir reflexos condicionados. Após aprender a andar, vem o resto. Domine a leitura dos movimentos do adversário e dos seus próprios. Conhece-te a ti mesmo. Ao contrário de outras lutas que possuem centenas de variações de golpes e movimentos, o boxe é composto por apenas cinco formas de ataque. Jab é a provocação feita com a mão da frente, esquerda se você for destro e vice-versa. Ele prepara o golpe potente do direto, cujo nome já diz tudo, e do cruzado, igualmente autoexplicativo. Gancho é uma elipse, a minha preferida entre tantas dentro e fora do tablado. E o uppercut é dado de baixo para cima. Fascinado, a princípio intuitivamente, cheguei ao tempo em que percebi a beleza entranhada no gesto de tornar algo tão simples — "cinco golpes, *no más*", como dizia Fidel — em algo tão complexo como uma luta de muitos rounds. Francisco de Assis, o santo cristão, dizia gostar em especial do número cinco, pois ele representa a mais perfeita criação divina, a ferramenta final, dentre todas as existentes a mais complexa e eficiente: a mão humana, ornada por cinco dedos, os tais cilindros feitos de carne, nervos, ossos e tendões, minhas ferramentas de trabalho. Por mais um punhado de dias.

Boxeadores são divididos em quatro grupos básicos. Imagine-os como pessoas separadas pelo comportamento ou traços comuns da personalidade. E isso é algo intrínseco, adere não como uma tatuagem — escara colorida —, mas como parte do próprio material genético. O biótipo, o treinamento recebido e a potência dos golpes vitaminam essa sopa essencial. Os que nascem com a marca conseguem alterar o estilo, tão entranhadamente usual e essencial, adaptando-se às fraquezas do adversário. Subvertem a lógica. Tiram o outro para dançar enquanto o tombam.

Os brawlers, ou sluggers, são aqueles lutadores pouco móveis, mas de mãos pesadíssimas. Atacam em linha reta com um volume grande de socos. Abusam de ganchos e uppercuts, mas rareiam nas combinações. Muitas vezes telegrafam os golpes. A mais perfeita tradução para seus nomes ingleses seria brigões. Os de queixo duro dessa categoria se tornam perigosíssimos. O rapaz que enfrentarei se encaixa nesse grupo. Direita potente, capacidade de absorção monstruosa e pouca coisa além. Mas muita força.

Com estilo diametralmente oposto, os out-boxers também são conhecidos como estilistas ou ortodoxos. Eles protagonizam as lutas mais belas. Movimentam-se com a elegância dos cisnes. São velozes. E, se forem altos e inteligentes, aproveitam a estatura para conduzir a luta em um movimento de perto e longe. Quando acuados, com jogo de pernas veloz se reposicionam e voltam a ditar o ritmo. Assim lutava o único filho da mãe a me levar à lona. Ele já está afastado, laureado e rico. Sua história será contada por décadas. A minha, apenas você, Esther, saberá. A partir daí ela será sua. Não mais me pertencerá. Faça com ela o que bem entender.

Outra categoria é a dos infigthers. Sou um deles. Preferimos a luta corpo a corpo, com distâncias curtas. Como um enxame, atiramos combinações de golpes com alta pressão.

Geralmente somos os de menor estatura em nossa categoria de peso. Por isso, encurtar a distância, de onde os de braços mais longos só nos atinjam à custa de incômodo para seus donos esguios. Ah, precisamos ter o queixo mais forte para segurar os jabs até encurtarmos a distância. Isso eu tenho, lembre-se, tombei apenas uma puta vez.

Há, por fim, os contragolpeadores. Estes se fecham, com um excelente arsenal de esquivas e fintas. Seus ataques partem sempre de uma defesa — esquiva ou bloqueio — da investida alheia. Quem é lento jamais luta dessa maneira, restrita a pugilistas extremamente técnicos. Os que mais me irritaram em todos esses anos.

São cinco os golpes. Quatro os estilos básicos. E infinitas as possibilidades dessas parábolas rabiscadas no ar. O que soa bruto ao olhar incauto é, na verdade, precisão e plasticidade. Como em um corpo que, com menor ou maior graça, dança. Danço todos os pensamentos tristes enquanto caminho até o sapateiro no dia seguinte. Há anos faço os reparos em meus equipamentos com o mesmo senhor. As botas têm solado fino e cano alto, e não há nelas nenhuma papagaiada enfiada goela abaixo por departamentos de marketing. São marrom-escuras. Resistentes e flexíveis. Isso basta. O velho costura — curtume e corda e cola e couro — com dedos de ourives. O casco da sua mão é curtido o suficiente para resistir ao fogo, e ao mesmo tempo sensível o bastante para sentir desníveis imperceptíveis na superfície trabalhada. Em seu corpo de velho se vê a sombra, ainda densa, de um homem que foi muito forte. Teria sido um bom sparring, não fosse cego de nascença. Meu sapateiro cego também costura minhas luvas. Estas, no caso, precisavam de um reforço na base do velcro. Um último trato no salão, meninas, antes de vocês ganharem uma melancólica parede ou a lata de lixo.

Na calçada, os passos da dona estalam antes dos meus. Um plec-plec-plec firme, elegante e ritmado. Poderia até compor uma sinfonia com o zumbido. Após um pequeno lance de escadas, surge a voz do velho.

— Como vai a senhora? Pena que não trouxe as crianças. Mas tem alguém consigo? — fez uma pausa rápida e emendou: — Por acaso é o boxeador? — concluiu com um riso rouco.

— Como consegue fazer sempre isso, meu caro? — devolvi, despertando a atenção da mulher indiferente. — Chegamos sem falar nada. E você não enxerga.

Ele pousa a bola que costurava na mesa à frente.

— Este é o único momento em que nós, cegos, nos deslocamos no espaço de forma mais eficiente e potente do que vocês, videntes: quando vocês se movem. Porque cada passo, meu caro, é uma digital. E não adianta mudar de sapatos. A questão não é o que você usa para pisar. É como você pisa.

— Vou pisar fundo, velho. E pela última vez.

Seus olhos cegos me procuram de onde minha voz se lança no pequeno espaço da sapataria. A mulher magra e blasé continua empenhada em ignorar. Faço um gesto para que seja atendida antes. Ela sorri com frieza e tira da sacola três pares de botas infantis de tamanhos diferentes. O velho a atende, leve, breve, bem-humorado. Ela se vai com um aceno de cabeça quase tão frio quanto o sorriso.

— O botão da saída é o da direita, senhora — fala o velho projetando a voz.

— Como sabe...

Ele faz um gesto para que eu me aproxime e sente.

— Ela pensou alto. Isso me basta. E a você, meu caro? O que te basta?

Silêncio. Busco o que sei ou intuo, mas uma barreira invisível me aparta das palavras. Abro os braços em desalento e sinto que as lágrimas começam a correr pela cara. Elas descem pelas laterais do nariz e escalam os lábios ao lamber minha cicatriz. Com esforço maior do que o desprendido em muitos rounds, murmuro.

— Basta dizer basta. Acabar com o zumbido. E com a necessidade de lutar, ainda que lutar tenha sido minha vida nos últimos anos. Basta encontrar um pouco de paz de espírito com minhas escolhas — passo o dorso da mão direita sobre a face — e seguir em frente com minha última decisão. E ela vai comprometer minha estabilidade na aposentadoria ou, na pior das hipóteses, reduzirá drasticamente meu conforto após a saída de cena. Provavelmente porá pessoas nervosas e vingativas no meu encalço, o que me levará a sumir daqui para nunca mais voltar. Mas é a minha escolha. Meu laço e cadeia. Minha redenção. Há tempos tenho olhado o mundo como quem olha para uma folha em branco. E ele me devolve o olhar com seu sorriso cínico e vazio de folha. Age como os pugilistas mais duros de derrubar, aqueles que parecem, ao final de uma luta, condenados à lona, mas em um repente invertem o jogo com dois ou três movimentos e tombam o adversário. Congelando o pensamento e nos deixando ludibriados pelo improvável, feitos de tolos por um lance de dados que, sabemos, jamais abolirá o acaso. Essa folha sempre foi subjugada ao meu capricho, quase sempre mansa enquanto abro espaço e corro da manga um clinch, tanto no tablado quanto na vida. Haja o que houver, ela sempre respira no imóvel. Como um morto. Ou um horto silencioso sem vento. É a minha última luta. Será a mais bonita de todas. E eu não admito perdê-la.

— Resolveu parar... parar... — murmura, saboreando cada sílaba. — Então, além do cansaço físico, do peso da idade, é isso que está tirando você da cena? Esse oco. É um parente do zumbido que você sente e já reclamou comigo?

— É. E se me fosse possível traduzir isso em uma imagem, velho amigo, seria uma arena onde estou sozinho. Não há adversário, juiz ou corner. As arquibancadas estão vazias. Nada nem ninguém, apenas eu com minhas luvas inúteis. Mas esse vácuo se torna uma presença em si. Uma presença que me ronda com fúria e cinismo legítimos. Palpáveis. Ele é ciente de que tudo que pudesse tentar para nocauteá-lo seria em vão. Mas saber isso de antemão não me livra da sina de entrar no ringue com um rastro de mortes iluminadas prontas para me enfrentar. E elas fariam isso até que não houvesse mais lua.

O velho sorri enquanto acaricia uma das minhas luvas, como um avô generoso faz cafuné na cabeça do neto aflito, enquanto o escuta. E fala.

— O que você perde sendo quem é? Nada, nada, nada, nada, nada... — continua dizendo até a voz sumir em um fiapo. Com a mão ágil e firme solta a costura da base do velcro da luva esquerda. E volta, como um contragolpe suave soaria após uma finta desastrada.

— Aqui estamos, não é? Jogados em uma existência que não escolhemos. Respiramos por detrás de máscaras que não nos representam. Cegos em um jardim de cactos. Vivemos onde o que deveria ser pólen é pólvora. Tudo está à prova da demência e as ciladas estão irmanadas às nossas fragilidades. Repare, pugilista, são tempos em que o amor resta como um caco. E a fraternidade é fraturada pela força bruta. E quem somos nós? As testemunhas aflitas por trás das grades confortáveis que nos cercam. Antes dos sextantes, mapas e bússolas, havia o firmamento como baliza. Bastava olhar para cima, contando com a ajuda necessária do vento e das nuvens, e pimba, tudo estava lá. O sul, que aqui é frio. Ou o norte, e seu sotaque forte. A terra à vista. E o prazo indeterminado de cada conquista. Na abóboda celeste, uma grande infovia se descortina desde quando saímos das cavernas e descemos das árvores. E, principalmente, quando começamos a criar deuses e mitos. Olhamos o mesmo céu que assombrou nosso ancestral comum, aquele que ousou andar sobre as duas patas traseiras e alcançou a linha do horizonte. As constelações nos olham do mesmo tempo imemorial. A princípio viram um planeta solitário, um ou outro organismo unicelular nadando na geleia geral da criação.

E esperaram pacientemente por nosso surgimento — como seguem esperando o nosso fim. Somos artrópodes que criam horóscopos, amebas que esculpem esferas. Enquanto elas nos observam em silencioso espanto pelo sublime e pelo medíocre que temos feito nas curvas do tempo. Mas, sendo o céu uma bússola perfeita, também é uma ampulheta entupida. Quando a areia não escorre, o tempo morre. E não há mão poderosa que a sacuda. Somos efêmeros como sopros de uma brisa quente de verão, a mesma que engordou as velas das embarcações do nosso ancestral, agora já *homo faber*, ou seja, senhor — por ser artífice — do seu destino. E, nessa efemeridade, a fagulha do afeto não causa mais curtos-circuitos. O circuito é bruto. Apenas isso. Somos os prisioneiros de uma vaga ideia de liberdade. Não existe amor em SP. Nem em Vitória. Nem em Calcutá. O amor só existe em cada um de nós. Mas estamos cada vez mais sós. Na ponta de cada palavra, o que nos é dado? Sempre a lâmina afiada. — Levanta o estilete em um floreio como um espadachim bufão para imediatamente voltar ao trabalho. — Na extensão de cada gesto, colhemos concreto. Na expansão de cada flor, espinhos. Vivemos no meio da goela do caminho, meu caro. O amor que existe em cada um de nós deveria ser a bomba de afeto que explodiria no dia D, na hora H, chovendo sobre a cidade a essência poderosa do respeito. Mas a bomba é outra. Sua radiação nos contamina com a excrescência do medo. Ou a paralisia que nos convoca à covardia. Há dias em que parece não haver guerra, não é? De fato. A guerra acabou. E nós perdemos. Seguimos sem saber para onde vamos. Por entre sombras e fachos de luz eventuais — sorri pela ironia com sua própria condição física —, resolutos e abstratos. Como quem procura orquídeas em um denso jardim de cactos. Não há nada a perder, pugilista. Assim como não há nada a deixar para trás.

— Eu sei — respondo, me recompondo. — Tudo que eu sempre quis foi entender essa merda toda. O intervalo entre nascer e morrer, a corrida insana para construir algo, o amor e suas serpentes que nos sufocam por dentro. Eu queria entender. Eu escrevia porque queria entender. Ou melhor, eu tentei escrever porque tinha a esperança inocente de obter as respostas que persigo. Mas que nada. Descobri que não fazia sentido anunciar, de antemão, o fim do mundo. O imenso vazio das percepções. E onde eu estaria, já que tudo está condenado a acabar e virar poeira? Também tem a parte mais odiosa de tudo. Foi quando fiz bico como cobrador desse merda de empresário. Minha tarefa era intimidar os devedores. Só consegui fazer isso uma vez. Quer saber de uma coisa, velho? O medo genuíno tem cheiro de leite dormido fora da geladeira. Esse é o cheiro do medo. Adocicado, azedo e infantil. Depois veio o gosto. Vomitei ao perceber que o pobre-diabo a quem fui cobrar o dinheiro dessa cobrinha miserável chorou feito uma criança assustada. E que ele se cagou todo também. Pedi desculpas, sujo de constrangimento. E fui embora. Fracassei como capanga. Só me restou o ringue, vendendo um resultado aqui, outro lá. Mas de forma sempre convincente e limpa, o que no caso quer dizer cheia de sangue, olhos fechados e hematomas pelo corpo. Agora faltam poucos dias para a minha última luta. Chegarei ao oitavo round? Passarei dele tentando derrubar meu oponente, a quem tanto desprezo e mal conheço? Ou, ainda, quando tombaremos? E mais, qual de nós tombará? Sabia, velho? Pugilistas dormem pouco. Toureiros também. Estamos sempre conectados ao supraconsciente, à necessidade imperativa de compreender o todo sem o auxílio do verbo, a potente ação do não pensar, mas, no fundo, trata-se de uma sempre frustrada tentativa de não se evanescer, diluir-se, abaixar a guarda, pois cada jab é uma cilada e todo beco sem saída termina onde inicia. Por isso o alerta constante, daí a proximidade do zumbido como reação à luta. E teve o outro episódio... mas disso eu não consigo falar. Nem com você. Sou artífice do meu caminho, amigo. O que me resta é navegar. Impreciso como bússola sem agulha ou imantação. Ou convicto como um monge antes da redenção. Sei que há, ao alcance das mãos, um oceano vasto no olhar. E a sua superfície volátil me chama, sem cessar, desde jovem, por elipses e deslocamentos. E, a despeito da efemeridade, a ampulheta seguirá me mirando quase sem girar. E o firmamento continuará a mostrar as possibilidades ao longo do caminho. Pois, então, que seja eterno, posto que feito de ação e lembrança. E infinito, enquanto turvar a realidade pálida desses dias. Naveguei sobre a pele de pantera do mar. Agora, só quero ir. Deixar tudo para trás, nome, memória e as relíquias das paixões e cismas.

O sapateiro ouve pacientemente. Mantém minhas luvas no colo e emenda uma nova sequência.

— Repare, meu amigo, enquanto falamos isso tudo, tenho aqui nas minhas velhas mãos o anteparo que você usou a maior parte da vida para se comunicar com o mundo. Essas duas joias raras, esses diamantes lapidados, só existem em função da sua existência. Sem você, as mãos que calçam as luvas, elas seriam um objeto inanimado. Elas foram seu condutor, o canal para que sua lira explodisse, mas também seu escudo, sua caverna. Hora de sair, hora de ir para o lado de fora. Ver o que há além das sombras projetadas na parede. Respirar. Faça isso, menino. Respire. E olhe ao redor. Ele é muito mais amplo — reforça novamente o breve sorriso de sua ironia — do que o alcance da vista. Mas, diga uma coisa — finta, esquiva e contragolpeia na linha da minha cintura —, como é a moça?

Sorrio sem graça e desconfiado.

— Como sabe que...

Ele se levanta lentamente e caminha na minha direção.

— Um homem como você, perfumado às 11h30 da manhã? Vai almoçar com alguém importante. É sua ex-mulher?

Rendo-me à sagacidade do velho.

— Não. Entre nós há muito pouco a ser dito. Vou almoçar com uma jornalista que enfiou na cabeça escrever uma reportagem longa sobre um ilustre anônimo, uma celebridade de quinta como tantas por aí, com a diferença de que não me estapeio por um lugar sob os flashs, muito menos participo de joguetes escrotos para estar na segunda ou terceira fila do gargarejo. Ela quer transformar a história de alguém desconhecido e sem glória em um tema universal. Já vejo leitores se solidarizando com um fodido, sabe como é, quanto pior seu tamanco mais barulho ele faz, e há pessoas prontas a se apiedar e aquiescer diante de uma historinha que, se bem contada, pode arrancar lágrimas e alguns tostões de olhos e bolsos alheios. Não quero lhe contar minha vida. Quero saber até onde ela quer chegar. E o quanto está disposta a isso.

Ouço sua risada, agora franca e crescente, enquanto deposita as luvas no balcão.

— E com tudo isso você concordou em falar com ela? Depois o cego sou eu.

Rimos juntos, falamos amenidades e combinamos a data para que eu pegue as minhas botas. Na despedida, ele me entrega um par reserva de luvas para os treinos. Mas, antes do aperto de mão, segura meu pulso com firmeza e rapidez surpreendentes para um idoso cego e me diz, fitando o vazio:

— Queria ver uma manhã nascer fervendo. Eu daria tudo para ver uma manhã nascer fervendo nos meus olhos. Mas não posso. Sou cego de nascença. Caminho nas sombras e o que para vocês se assemelha à debilidade é minha forma particular de estar no mundo. De senti-lo e de nele transitar. Mas, por mais que eu tente, nunca conseguirei chegar perto, na imaginação, do que é ver uma manhã nascer fervendo. Seja o que for, no dia D, quando despertar na manhã da luta, faça meus olhos mortos sentirem que há manhãs fervendo nos seus. Estarei te escutando, na transmissão da TV. E com isso saberei cada um dos seus movimentos. Faça isso. Por você. Por mim. Por todo mundo.

Saio apressado da oficina do sapateiro. Suas verdades me pedem tempo. Tento agarrar minha realidade como o náufrago faz com a tábua. Volto a ela como uma âncora solta na direção do fundo do mar. Na descida, lembro-me de ter medo, muito medo de que no meio do combate o zumbido retorne e tente se apoderar de mim com a sua odiosidade e vertigem. A importância da luta é absolutamente nenhuma para quase todos. Eu me importo. Por razões óbvias. Os empresários do meu adversário, ele e os apostadores nervosos também. Nosso combate será o terceiro de uma série de seis. Depois, provavelmente ensinarei moleques atrevidos a controlar o demônio, amansá-lo e domesticá-lo para incorporá-lo no ringue e nocautear quem parar no seu caminho. Ou largo tudo, passado, cidade, zumbido, e reinvento uma nova vida em outro lugar. Melhor isso. Gastarei algum tempo na fuga. Lauro, um amigo taxista, vai estar de plantão na lateral do estádio. Ele vai me levar de Vitória até o Rio de Janeiro. De lá, desapareço. Metade da grana já foi depositada, ela é suficiente para, somada ao que consegui juntar nesses anos, segurar as pontas por um tempo razoável. Longe e anônimo. Pego mais 25% minutos antes da luta. Terei que abrir mão da outra quarta parte. De quanta coisa já não abri mão?

Chegamos quase simultaneamente ao restaurante. Há uma tensão leve e breve no ar. Cumprimentamo-nos com um beijo no rosto e pequenos relâmpagos nos lábios. Demorei alguns dias para responder a mensagem gravada na secretária eletrônica. Sim, é estranho, mas eu ainda uso uma. Talvez seja para ouvir alguma voz ao chegar em casa. Ou para fingir que o mundo que conheço não se evanesce a passos largos. Quanto à máquina de escrever, já é mais complexo. Foi tudo que restou da vida que tive antes. E um manuscrito. Ambos estão guardados. Fechados em uma caixa. Há bastante tempo. Por que nunca os atirei ao lixo ou ao fogo? — ruminei logo que sentamos.

— Ainda é muito estranho para mim estar aqui.

— Sério? Parece tão autoconfiante. O que você teme?

— Tenho medo de possíveis sequelas neurológicas após tantos anos batendo com a cabeça nas mãos dos outros... — Aí está, a covinha aparece ainda mais natural do que semanas atrás, na redação, mas dessa vez acompanhada por um fio de timidez. — Vi isso acontecer com muita gente. Parkinson. Encefalopatia traumática crônica. É isso. Só temo ficar demente.

— Como te disse, acho tudo isso muito bruto. Mas eu conto histórias. Vivo disso. E a sua parece ter algo a ser contado.

— Você quer beber? Vinho? — mudo de assunto.

— Sim.

— Te acompanho. Mas só uma taça. Tenho treino hoje à noite.

O almoço para o qual cheguei ressabiado se torna uma agradável conversa. Após uma garrafa e meia, começo a baixar a guarda. Foda-se o treino de hoje. Preciso de um dia. Na mesa, um enfeite chama a minha atenção. Um pote de vidro cheio de sementes de diferentes formatos, texturas e tamanhos. Umas são secas. Outras são ovais. Há as cobertas por fiapos, hachuradas ou lisas.

— Sabe o que penso das ações humanas? São mais tortas que os galhos que nasceriam dessas sementes. Mais impessoais que um pé na plantação. E, olhe bem — a mão pega uma semente com precisão de bico e aperta —, não mudam sob qualquer pressão — abre a palma —, são fortes, e, se a mão que as lança for generosa, nada pode detê-las. Prefiro-as.

— Um pugilista filósofo? Melhor do que eu esperava.

— Não espere muita coisa de mim.

— E a sua relação com o jornalismo?

— Pois é. Quase fui um de vocês. Mas alguns acontecimentos que não vêm ao caso agora me colocaram em outra trilha. Confesso não saber se teria continuado a atuar, caso começasse. Havia certo romantismo, ao menos na minha cabeça, quando pensei em ser jornalista. Toda a mítica em torno do clima das redações de jornal, repórteres investigativos, repórteres boêmios, jornalismo cultural. Hoje não há sequer jornais. Ok, tudo está na rede, mas nessa malha fina algo se perdeu. Definitivamente. E você, moça? O que te levou a um caminho tão...

— Tortuoso?

— Ingrato, eu diria. Fazer jornalismo é roer os ossos de um ofício ofídico. Nos dias de hoje, então, é lidar com linhas editoriais que transformam evidência em clarividência, clarividência em sentença, sentença em penitência, penitência em abstenção, abstenção em conveniência e conveniência em cega obediência. E assim ficar em paz. Até nunca mais.

— A repórter aqui sou eu, esqueceu? — Rimos juntos. — Devo ser uma espécie cafona de última romântica, porque concordo com tudo que você disse, mas insisto. Talvez por falta de outra habilidade ou saber.

— O romantismo está em boas mãos então. Cumpra-se seu legado.

Uma linda gargalhada estoura por entre seus dentes brancos. A covinha no lado direito do rosto se torna um pequeno sol.

— Há ferocidades penduradas nas janelas, meu bem. E a goma viscosa das ciladas nos rodeia. Estamos todos aderidos — ainda que a maioria involuntariamente — ao chicle de bola artificial e edulcorado enfiado na bocarra desse gigante claudicante chamado Brasil. Há que sobreviver a esta mastigação anorgásmica, e a melhor forma de fazê-lo é reafirmar, em rituais de invocação e permanência, aquilo que os bantos chamam de *muntu*, que é a quantidade de vida presente em um ser humano, ou seu tamanho em si mesmo. Para eles, mais do que seres, nos tornamos forças que se consolidam com o tempo. A forma que encontrei para exercitar o meu *muntu* foi no jornalismo. É onde combato, só para me expressar com uma figura de linguagem que para você é o próprio meio e o fim. Esse é meu ringue. É onde calço minhas luvas e dou a cara para bater. Mas também sei ter a mão pesada. Acho, de verdade, que estamos precisando disso. Menos complacência e conivência e mais contundência na informação. Minha aposta é que começamos a ganhar força novamente, apesar do fim do impresso e, principalmente, da inanição induzida a uma forma de fazer jornalismo. Justamente a forma que me é verdadeira.

— Fiz isso com o pugilismo nos últimos quinze ou dezesseis anos. Ainda que tenha conspurcado aqui e ali toda essa cosmogonia que bole com experiências, desejos, memórias e personalidade. Sempre recorro aos rituais particulares de invocação e permanência.

— Mas antes do pugilismo foi outra coisa, certo?

— Nada que possa ser interessante.

— Será?

— O que fui trouxe mais dor do que muitos rounds aguerridos. E a cura jamais se opera em meio a ruídos. É no silêncio que o mundo se aquartela. Inclusive nós.

A conversa mais edificante e envolvente dos últimos tempos seguiu por quase três horas. Mas entornou com a sobremesa. Você pede e deixa a covinha surgir na moldura do sorriso quando faço cara de quem não entendeu.

— Não, Esther. Não faço a menor ideia do que seja uma Saint Honoré. Que dirá onde encontrá-la. Só consigo imaginar que seja açucarada, com caldas grossas escorrendo, como as resinas escorrem de uma seringueira recém-cortada. Algo que cai como uma lágrima poluída. E para mim é isso, poucas coisas conseguem ser tão tristes quanto um doce. Doces com calda e confeitos e trecos e enfeites são a própria tragédia anunciada.

— Quanta dureza. Parece a lírica do jovem poeta que ensaiou tornar-se romancista, mas saiu da cena literária sem alarde para, anos depois, aparecer quase anônimo no mundo do pugilismo.

Silêncio. Meu corpo todo treme. Uma sirene distante começa a nascer em mim. Meus lábios adormecem. Começo a mergulhar em um não lugar. De onde não terei, em alguns instantes, o menor controle sobre meus atos. Péssimo sinal.

— Então era isso que você queria, Esther? Escavar o que reneguei? Com que direito...

— Calma, Cris. Não se ofenda. Realmente não te convidei para almoçar para falar com o pugilista. Não estou falando do pugilismo. Estou falando com o homem que abandonou a literatura antes de...

— Antes do quê? O que você sabe a meu respeito? Sempre fui avesso à autopromoção. Troquei minha vida de pretenso escritor pela de boxeador, e estou saindo desta com discrição. Não seria agora, no inverno, que eu teria motivos para mostrar a cara na rua como se fosse verão. E ainda não entendi o que você viu em mim ou no que eu escrevi.

— É mais do que o boxe. É o verdadeiro Cris. Onde ele ficou guardado todos esses anos? Em que caixa está embalsamado o autor daqueles versos?

— Puta que o pariu... — falo olhando para o teto, saboreando desgosto em cada sílaba.

— Não adianta negar. Ou renegar. Sei lá. Conheço a sua obra. Sei o que você foi.

— Minha obra? Não dá para chamar três livros de poesia de "obra". Aliás, isso é o que mais se faz hoje. A pessoa vira artista sem ter produzido porra nenhuma. Comporta-se como laureado antes de ter produzido qualquer coisa que preste. Sempre tive asco disso. E ainda que isso não faça mais parte da minha vida, por minha livre e espontânea vontade, te respondo: o homem que você procura está aqui. Ele nunca se foi. E é por isso que o mantenho sempre na mira da minha guarda. Coisas nada boas podem vir dele. E não estou falando apenas de desesperança, Esther. Agora, se me dá licença...

Seus dedos agarram o corredor do meu antebraço antes que consiga me levantar da cadeira. Quanta maciez e coragem. Quanta firmeza de propósito e convicção. Mas nada disso me comove.

— O almoço foi ótimo. Pago a conta na saída.

Levanto e me dirijo ao caixa do pequeno bistrô. Mal dá tempo de pedir que fechem a nota e o ruído pastoso volta. O zumbido. Gordo e mole no início. Uma pressão nos ouvidos que pula como mola modorrenta. Começo a não ouvir nada, nem a sua voz, Esther, insistindo para que eu permaneça. Que ouça. Que me revele. Saio à rua com você no meu encalço. Ao atingir a calçada, pela primeira vez nesses anos, o ziiinnnnn lâmina aguda se manifesta antes do tempo. Vertigem. Cinco passos e estou de cara no chão. Consigo proteger a cabeça no reflexo, mas apago. Como em um nocaute. Ou em um verdadeiro, intenso e prolongado orgasmo. Acordo em casa. Recupero lentamente a coordenação motora e a fluidez da fala. É muito cruel quando falar se torna um esforço. Balbucio "Esther", mas percebo que estou só. Levanto do sofá e vejo na mesinha de centro o maldito espelho virado para mim. A secretária eletrônica pisca o alerta de mensagem. Ligo. Começo a ouvir.

Oi, Cris. Fique tranquilo, não mexi em nada na sua casa. Você saiu correndo do restaurante com as mãos na cabeça. Gritou duas ou três vezes a palavra "zumbido". E depois, uma vez, falou o nome "Calheiros". Havia uma mistura de tristeza e raiva nessa palavra, saiu da sua garganta como arrancada do atoleiro de uma areia movediça. Achei que seu maior temor tinha acontecido justo ali, na minha frente. As sequelas neurológicas que estranhamente afetam alguns pugilistas, mas a outros não. Você caiu e se encolheu. Quando cheguei perto, parecia dormir. Consegui que os garçons do bistrô te colocassem no táxi. Você é bem mais pesado do que aparenta. Em todos os sentidos. Mandei que o motorista fosse a um hospital, mas você balbuciou "casa, casa". Não conseguiu dizer seu endereço, mas rabiscou em um bloco que te ofereci. Seu torpor provavelmente não vai deixar um traço de lembrança do que aconteceu. Subimos os três lances de escada, você estava menos inerte, consegui te apoiar sozinha, mas parecia lutar contra uma narcolepsia.

Ao chegarmos na sua sala, murmurou algo sobre um espelho que muda de lugar. Deitou no sofá com roupa e tudo. Com algum esforço tirei suas botas, passei um pano umedecido em água gelada no seu rosto febril e fiquei um par de horas te observando. Tão forte e perigoso. Tão indefeso e inocente. Era óbvio perceber o quanto o seu sono foi intranquilo. E o quanto você é frágil. Desculpa, Cris. Não podia imaginar que mexeria com demônios tão violentos. Conheci sua obra — vou chamar assim, mesmo que você negue, então foda-se, ok? — em um sebo do centro da cidade. O do seu Andrade. Lembra dele? O velho livreiro disse que te conheceu de vista. Uma vez comprou toda a sua biblioteca. Para ele, um excelente negócio. Tentei saber mais de você, mas seu Andrade não era de se ater à vida alheia. Ele pensava demais para isso. Apenas disse que você era o que era. E que não havia nada de estranho em alguém renegar o próprio dom. Quando argumentei o que achava ser na verdade, ele disse com um riso breve. "A única verdade, minha filha, é que não existe verdade." Te li com avidez e esperei que sua poesia voltasse. Anos depois, no surgimento das redes sociais, aguardei que você aparecesse do nada com aquela mistura de doçura e amargura, leveza e brutalidade. Nada. Nem um post. O poeta que você foi virou um fantasma, tangível apenas nas minhas leituras. E na obsessão nascida delas. Depois lembrei que você mesmo escreveu "minha voz sou eu mudo". E em tantos outros versos havia seu recado. Como quem diz "não falarei, não me procurem". Era para riscar seu nome do mapa, não é? Nunca consegui fazer isso. Fiquei alguns anos fora e, quando voltei, comecei a trabalhar no Diário sem dar a mínima para a página de esportes. Muito menos para essa coisa bruta, o pugilismo, que deixou seu nariz mais grosso e deu de presente essa cicatriz estranha na sua boca. Ela parece rir, mesmo quando — se é que — você chora. Com o tempo, a sua poesia se tornou uma lembrança boa e episódica. Até você aparecer naquele release horroroso enviado para o jornal. Só tinha visto uma imagem sua, uma foto de vinte anos atrás. Menos cabelos hoje. Mas igualmente despenteados. Demorei a fazer a conexão. Consegui com o chefe de redação a reportagem sobre a luta. E o resto você já sabe. Não te procuro novamente. Tenho o que você escreveu, já há tantos anos. Isso me basta. Ou, ao menos, deveria. Talvez você só esteja preparado para deixar no mundo gestos inconclusos. Como o velho bêbado sentado na praça, sem forças para se equilibrar na guia após caminhar sobre a espiral de uma galáxia, exatamente como você descreveu em um poema do seu primeiro livro. Talvez você compreenda o grande vazio do universo como o saco cheio de livros velhos e retalhos que o mesmo velho bêbado leva nos ombros, um contrapeso para não levitar sobre o manto de cruzes da cidade. Não foi assim que você o reavivou no seu terceiro e último livro? Talvez algum alarde tenha força suficiente para te acordar desse torpor, e enfim perceba que a iluminação do velho bêbado poderia ser um sol sobre a pele fria da conformidade. Talvez os alarmes todos que ardem nos ouvidos sejam incapazes de levantar novamente tudo que está morto, mas ainda te habita. Talvez você só esteja preparado para caminhar no mundo com a segurança do novelo nas mãos. Mas também pode ser que não. Saul me falou do livro nunca entregue. Um romance.

Nem ele leu. Queria ter encontrado esse livro em algum lugar de você. "Onde há força não há esquecimento." Você me disse isso. Em uma folha de papel. Há muito tempo. Cuide bem do que é importante para você. É assim que funciona. É assim que deve ser. E seja feliz. Pode ser uma boa opção.

A volta do zumbido era esperada. A maneira como ele se manifestou, não. Nunca foi assim, tão veloz e desconcertante. Nunca antes me fez perder a consciência. Sua primeira mordida aconteceu quando despertei de outra noite entrecortada, a primeira com o espelho em minha cabeceira, mas sem que tivesse a menor ideia de como ele foi parar ali. Não fosse meu ceticismo, isso me empurraria para o terreno da especulação paranormal. O objeto me confirma o que eu me tornei. Um cara-cortada. Um pugilista. Caminho sem volta. Todo o resto aconteceu muito rápido, monocórdico, sem novas fabulações nem novas constelações no céu de chumbo. Digeri lentamente o motor da mágoa. Eu havia me tornado um especialista nisso, mas desta vez havia algo além. Segui de marcha até o dia da luta ligado no automático. Sua gravação, Esther, continuou reverberando em mim. Foi o segundo nocaute que levei. Será o último.

"Adoro vésperas." Adorei ouvir você dizer isso, uns dez minutos antes de tentar abrir a minha carapaça no bistrô.

Eu também sempre gostei delas. Por isso cumpro meu velho ritual antes das lutas. Só que, agora, de forma mais profunda. Há algo espiritual na caminhada que faço à beira-mar sempre que um combate se aproxima. E o local sempre é o mesmo, uma península chamada Pedra da Sereia. Colecionei alguns lugares com nomes interessantes na vida. Alto das Dores. Sagrada Família. Mar Azul. Morro do Moreno. Em todos eles, em comum, o retorno à tal pedra, que em nada lembra uma sereia, apesar do nome. O melhor deles.

Deixo-me guiar por lembranças remotas nesse local. Meu pai, morto há tantos anos, segurando meus bracinhos de menino e me ensinando a nadar, da mesma maneira que meu avô fez com ele no mar bravio de Saquarema, cuidado e instinto irmanados no mesmo afeto paternal. Minha mãe, sua serenidade, a voz de veludo que contava histórias da avó, andaluza que atravessou o oceano desde a Espanha e viu a mesma paisagem imutável e ao mesmo tempo sempre vária do mar. Meu irmão, repetindo o gesto do nosso velho, ao ensinar meu sobrinho a dar suas primeiras braçadas. Os amigos, aqueles que estão aí, imersos em sua vida, sua odisseia cotidiana. E os que tombaram no labirinto do tempo, embaraçados em traços de loucura ou morte. Distantes. Vivos. Tangíveis. Como a pedra que começo a subir, milenar e inamovível.

Na ponta da península, frente à imensidão do mar, penso que no princípio tudo era água. Sempre acreditei que as escrituras deveriam começar assim, "No princípio era a água, e então Deus fez o Verbo". A água. Turva ou translúcida. Salobra ou pantanosa. Infiltra as paredes mais densas e atravessa metros de pedra ou cimento. Apodrece a madeira e torna terra seca em lama fértil e pastosa. Pinga de forma sutil após a chuva, mas antes cai estrepitosa. Molda sua forma a qualquer recipiente. Fere sem ser ferida. Inunda as vias aéreas do afogado, para depois retornar, em outro estado, após o apodrecimento das carnes defuntas. Pois é nela que se forma a morte e a vida. Água. O fio que cairia dos seus olhos azuis, Esther, se soubesse tudo a meu respeito, o que certamente separaria o meu mundo do seu mundo. A sentença que nunca foi proferida, o jorro de água que cairia solene dos olhos incisivos. Água ardente batizada em pia profana.

Da água então seria feito o Verbo, uma descarga elétrica distribuída pelo melhor condutor imaginado. Uma descarga elétrica que geraria a outra e a outra e a outra, indefinidamente. E criaria assim os nomes das coisas. E a função representada por cada nome. As contradições e as incongruências de cada função e de cada coisa no mundo. Este que compartilhamos até a sua lágrima. Nesta porção ínfima de água, cabe toda a fúria e todo o mistério do oceano, que se desdobra em muitos oceanos, profundos, atávicos, insondáveis. Pois sou eu o afogado na sua lágrima. Corpo inerte à mercê dos fluxos das marés deste mar que não começa nem termina. Apenas se movimenta. Sucessivas ondas. Uma após outra, sem praia ou recifes para descarregar sua energia.

Dez passos sobre a Pedra da Sereia bastaram. Estanco ao ver uma forma sacodida pelo balanço ritmado das ondas. Resta em uma reentrância. Tem uma baba verde em volta. Como o rastro quente de um verme na parede de pedra fria. Ou como o saldo de uma maldição acompanha um danado. E parece sorrir para mim com os olhos siderados e os oito tentáculos moles. A cada balanço do mar eles se mexem contra a vontade do bicho. Morto, é tão definitivo e indiferente a tudo que acontece ao redor que tenho o impulso de corrigir as patas salgadas. Seu abandono é comovente.

Algo nele reconforta e espeta minha alma simultaneamente, de tal maneira que não posso deixar de me deter, ainda que, depois de tanto treinamento doloroso e solitário, eu me encontre a apenas oito horas da luta, e só a ela deva me ater. Ainda que a ideia do seu corpo, temperado com o sol e o sal do mesmo mar que embalsama o polvo, me arranque sofreguidão e entrega. Ainda que a teia de sua cabeleira se insinue cobertor de novas madrugadas e, principalmente, que sua hipotética presença seja sopro e carne nessa terra árida, tenho uma luta em poucas horas. Mas estou imobilizado diante de um polvo defunto. As suas palavras na minha secretária eletrônica, a mesma voz, mas sutilmente metalizada, ecoam em tudo que fiz nesses dias. E elas ainda estão aqui, atadas a mim. Também olham para o polvo sem vida.

Sou um naco do nada diante dele, inerte aos meus pés. Uma nova marola e um tentáculo pousa sobre o pé direito, aquele que no ringue sempre fica atrás e funciona como a mola do movimento. O tentáculo parecia querer furtivamente me acariciar. Não será isso o que somos? O molusco nobre definitivamente derrotado, morto aos pés de um homem partido em pedaços, mas que nesse exato instante se vê uno, coeso, deificado. Talvez por finalmente saber, de maneira definitiva, a que veio. Talvez por ter aos pés uma geleia inerte que, sem esboçar reação e em silêncio, obedece ao movimento das pequenas ondas do mar, batendo incessantemente na areia.

Volto ao apartamento para pegar minha bolsa. Mudas de roupa para a fuga e meu par de luvas favorito. Saio rápido para o ginásio, mais uma vez atravesso a ponte que liga a ilha ao continente. Lauro guia em raríssimo silêncio. Silenciosamente agradeço pelo gesto. Estou, para meu espanto, absolutamente sereno, apesar do velho cacoete de enlaçar com a mão direita o punho esquerdo, e nele abrir e fechar os dedos. O mais desagradável sempre foi chegar aos locais de luta. O clima, os olhares, os empresários, os assessores e seus assessores. Pudesse, eliminava tudo isso. Adoraria que todo este circo tivesse uma única cabeça e pescoço, para que em apenas um golpe eu pudesse nocautear todos de uma só vez.

Chego cedo. Sozinho. Calado. Ao passar pelo velho bairro, vejo o cortiço do Magro. Ele não está lá. Mas estou nele. Na sujeira das suas unhas e nos dentes quebradiços. Nos cotovelos ossudos e em sua perplexidade diante de tudo. Peço a Lauro para encostar por um instante diante do cortiço. Ouço o familiar crec-crec-crec do irmão pequeno. Ele está na janela inferior, os braços estendidos para além das grades, o crânio colado em duas delas, como se quisesse atravessá-las usando apenas a força da sua débil vontade. O ruído se espalha no ar, como se, apesar do esforço pesado para dizer, dizer fosse um esforço útil, necessário. E é.

A natureza do caçador está sempre ao lado do caçado. Ao menos quando não é você na savana espreitando a presa. Daí minha torcida pelo ruivo cabeçudo. Fico comovido ao perceber como ele tenta, com a mesma avidez com que um piolho busca atravessar uma barba espessa, se embrenhar pela guarda do pugilista maior. Este, com envergadura privilegiada, mantém a distância exata dos seus braços, golpeia repetidas vezes o rapaz, que tentava inutilmente alcançá-lo. Não são golpes demolidores, mas aqueles que humilham o oponente pela facilidade com que são conectados. Ainda assim, com toda a aparente derrocada do mais jovem, o jogo vira na metade do quinto round. Esquiva e upper de esquerda. O grandão ficou nas pontas dos pés ao ter as costelas atingidas. A primeira machadada esgarça suas fibras. As seguintes, um cruzado e dois diretos, o tombam. O menor olha para a árvore caída com ganas de transformá-la em lasquinhas. E o faria, caso não houvesse regras e juiz. É que ele é um cara tímido. E gente tímida pode ser violenta quando se aborrece. No décimo da contagem, cobre o rosto com as luvas e começa a soluçar. Quando baixa as mãos, percebo que seu olhar é outro. Frio fio de aço. Ao vencer, o rapaz terno e curioso morre. Para nunca mais voltar. Não há fenda maior do que aquela que aparta a vitória da derrota.

"Onde há força não há esquecimento." O mecanismo que tirou essa frase de uma das gavetas bolorentas da minha memória merecia um prêmio. O vestiário é simples e está vazio, apenas o velho Riba e dois assistentes. Um deles envelopa minha mão com a bandagem e o esparadrapo. Meu silêncio provoca neles certo desânimo. Tudo é feito da maneira mais burocrática possível, no momento em que, teoricamente, deveria haver exaltação e manifestações de incentivo. Para minha surpresa, estou sereno. Penso ter colocado meus demônios para dormir. Uma sensação particularmente próxima do que sentia ao terminar um texto. Desde que me julguei capaz de crucificar pensamentos no papel, me enchi de poder. Isso acontece quando se aceita a criação pelo homem. Você passa a acreditar na beleza. E a beleza é imperdoável.

Todo papo de redenção pela fé vai para a vala comum com isso. Você perde a mais potente rede de segurança jamais criada pelo engenho humano. E, ao se livrar da infalibilidade da divindade — qualquer uma, ou melhor, de todas elas —, pratica um ato absolutamente racional. Evoca para si a renúncia consciente à falsa ideia de liberdade imposta por messias e messiânicos. Até a histeria que assola nossos dias, embalada por balido e baba das ovelhas raivosas, poderia ser corrompida por este diapasão. Elas se julgam fortes por quebrar ídolos que parecem sempiternos, mas ato contínuo à destruição erguem novos ídolos, muitas vezes com os despojos do anterior, e se ajoelham diante da nova entidade em adoração. Até meia década atrás, eu acreditava que qualquer fuga à razão era um fenômeno individual, nunca um fenômeno social. Tolo. Tal fuga é a marca dos nossos dias, como um hematoma permanente no olho de um pugilista avariado, bolha de sangue endurecido que espera avidamente pelo carinho da lâmina que escoará o dejeto e acabará com o inchaço, presenteando seu dono com a retomada do campo de visão. Mas também com uma cicatriz indelével. Nós, os caras-cortadas.

Reparo no extremo cuidado com que um dos auxiliares de Riba envelopa minha mão esquerda. Conforme já disse, minha patada mais forte. O rapaz tem cara de sparring, nariz torto, pequenas cicatrizes ao redor dos olhos e lábios. E uma dose generosa de fúria acondicionada em cada gesto perfeccionista com a bandagem, as almofadas para os dedos e o esparadrapo final. "Os virtuosos enlouquecem", digo lentamente. Ele levanta os olhos e me encara com o mesmo olhar que tive um dia. Foda-se, parecia querer dizer. Não há caminho de volta, e por um simples motivo. Não há volta. Por mais que corra, você nunca conseguirá fugir para muito longe de si. Levanto, movo os braços em sequências lentas para testar a acomodação das bandagens. Riba e os dois assistentes recuam e me observam. O rapaz da mão esquerda me fita novamente nos olhos. Com um aceno breve de cabeça e o esboço de um sorriso mais para esgar, digo a ele em silêncio que diga um sonoro foda-se a tudo e todos. Que siga adiante, no ringue e fora dele, sendo quem é, e cada vez mais e mais perto disso. Ele devolve com a mesma contenção de movimento e gesto, como quem diz "obrigado por confirmar o que já sei de cor". Sabe que essa confirmação é balizadora. E faz pouco alarde dela. O moleque é dos meus. Sorrio por dentro quando o velho Riba o chama pelo nome e pede que ele confira a bolsa com água, bolsa de gelo e todo material do corner. "Vai-te embora, Barrabás."

Tudo seguia silenciosamente confortável, até que, sem aviso prévio, e idiotas que são, Rudinho e seu guarda-costas chegam ao vestiário com uma bolsa tipo mochila.

— Ora, ora, ora. Machado Amoroso, o cortante, se prepara para sua última luta.

Olho para meu treinador. Ele entende, suspira, olha para os visitantes indesejáveis e diz apressado:

— Dez minutos.

— Precisamos apenas de cinco — diz o aprendiz de canalha com ar de futuro chefe.

— Vocês têm três. Nem um segundo a mais — respondo.

Ambos me fitam com o mesmo olhar. O dos covardes quando lhes resta uma fração pequena de brio, logo assolapada pela realidade. Nenhum dos dois seria páreo para mim. Nem os dois juntos. Por isso, enfiam nos respectivos orifícios favoritos qualquer pretensão à valentia.

Rudinho pousa a mochila no banco onde estou sentado.

— O combinado. Metade foi depositado antes. Aqui tem 50% da outra metade. Em espécie. E o restante no final da luta. Você deve cair no quarto round.

— Oitavo.

— Hã!?

— Não se faça de surdo, você ouviu. Essa luta vai até o oitavo round.

— Mas...

— Sem "mas", sem meio "mas". A decisão é minha. É meu último combate. Quero desfrutar um pouco mais — respondo, abrindo a mochila e confirmando rapidamente o conteúdo.

— Temos um acordo e você está sendo bem pago por isso. Sabe quais são as consequências se não entregar o que queremos. E, vamos, pense comigo, não tem o menor motivo para quebrá-lo, não é mesmo? Ficou até bem bacaninha o seu perfil na matéria sobre a saída de cena. Nem falou nada comigo, danadão. Fique tranquilo, vamos precisar dos seus serviços, quem sabe ensinar as novas gerações a entregar um resultado de forma convincente. Você fez isso algumas vezes, e nunca levantou suspeita.

— Em todo acordo há um percentual de risco. É como se perder. Com tantos anos de cafetinagem no pugilismo, você já deveria saber isso melhor do que eu.

— Nem pense em...

— Eu penso o tempo todo — respondo enquanto levanto do banco, bem próximo a ambos —, já te disse isso. Agora, me dê o jornal, quero ver essa matéria.

Rudinho faz sinal para seu capanga. Um exemplar bem dobrado sai do bolso interno do paletó. Puxo de sua mão, o que só aumenta sua antipatia por mim, aliás, siamesa de tão mútua. Deslizo o olhar pelas colunas em uma leitura dinâmica, nervosa. Nem uma linha sobre meu passado na literatura. Nada sobre o teor da nossa conversa, o desmaio ou o que o valha. Minha mão envelopada devolve o maço, com alívio. Obrigado, Esther, penso quase feliz. Mas a realidade me cobra a volta.

— Agora, retirem-se. O tempo de vocês acabou. E pode tirar a mão da cintura, capachão. A essa distância, antes de você esticar a arma para apontar na minha direção, o seu nariz seria engolido pelo crânio, empurrado pela minha mão. Não seja idiota. Comporte-se como o cãozinho adestrado que você é.

O galego com cara de anjinho de coroação tira lentamente a mão por detrás do paletó. Quase consigo sentir seu ódio engolido com suco gástrico esôfago abaixo, como se um gato tivesse sido empurrado em sua garganta e descesse com as garras arranhando o poço de carne.

— Mas vamos, pensem comigo, somos parceiros, hehehe. Sócios. É isso, somos tipo sócios, não é? Não vamos brigar — Rudinho fala nervoso, passando a mão sobre o ventre delicado.

— Não. Não somos, jamais seríamos e nunca seremos. Vocês me compraram, como das outras vezes. É apenas isso. Agora, fora daqui. Os dois.

— Sim, vamos. Vamos deixar você se concentrar. Te vejo depois da luta, certo?

— O barqueiro não tem moeda para troco — devolvo.

Rudinho engole em seco. Ambos se vão. Viro, pego o celular e peço a Lauro que apanhe a mochila e a leve para o carro. Após sua saída, ouço passos e, segundos depois, a porta abre e fecha. Riba chega com os assistentes. Encontram-me já no aquecimento.

— Vamos lá, Cris. É o começo do fim — fala com forte sotaque pernambucano.

Caminhamos para o centro do ginásio. Os corredores estão silenciosos, um ou outro assistente mais antigo me acena com a mão ou com a cabeça, como se dissessem: "Descanse depois dessa, guerreiro. Você combateu o bom combate." Não, queridos, preciso alertá-los, só houve honra e dignidade nessa trajetória nos primeiros anos. Depois, vendi resultados para as piores espécies de parasitas que habitam o lombo do cachorro sarnento que é o mundo das apostas. Quase me tornei bate-pau de um agiota ordinário, mas hoje lhe darei o troco. Ele que se vire com seus investidores. Segui caminhando enquanto respondia mentalmente a cada um que se dignava a me olhar nos olhos neste interminável corredor pequeno, com o mesmo texto, a mesma ideia silenciosa e unívoca de redenção. Porém, para isso, precisava ganhar a luta. E isso não seria nada simples.

Chegamos ao ginásio. A Noite no Inferno está até bem produzida. Público bom, borderô gordo, duas emissoras de TV, além da estatal, cobrindo as lutas. Os idiotas até que se esmeraram. Alguma coisa de útil, além de negociar corpos e seus edemas cerebrais e costelas fraturadas, tinham que saber. Faixas e balões vermelhos, azuis e brancos espalhados por todo o ambiente ressaltam a americanização que esses idiotas tanto prezam. O apresentador emula igualmente os norte-americanos, pastiche sobre pastiche, nada mais. O público tem reações distintas. Aqueles que entendem e gostam realmente de boxe são mais contidos. Os empolgados, a quem sempre chamei pejorativamente de "goteiras", são os mais barulhentos. O apelido irônico é uma das heranças do meu pai. Em todos esses anos, sempre que me deparo com alguma encruzilhada, ou tomo uma decisão mais espinhosa, me pergunto em silêncio o que o velho diria da minha atitude. Engraçado chamá-lo de velho, ele morreu ainda jovem. Em poucos anos, terei a idade que ele tinha quando se foi. Isso, é claro, se eu chegar nela. Algo que pode ser abreviado se meu plano de fuga pós-luta falhar.

Subimos no ringue. Primeiro o rapaz e seu staff. Depois, eu, Riba, Barrabás e o outro assistente ladeando a cruz, a última delas. Lentamente a área de combate vai sendo esvaziada. Cinegrafistas, fotógrafos, bajuladores, presidente da entidade a que somos filiados, atorzinho de TV pra dar ibope. Ficamos apenas os oponentes, eu e minha pretensa nêmesis. Passo os olhos nas cadeiras mais próximas do ringue. Procuro Esther, que não está. Acho Rudinho e seu pateta armado. O sorriso amarelo do agenciador de lutas confirma para mim a decisão tomada antes da luta. Olho fixo para ele, com um sorriso zombeteiro. Recebo de volta seu tradicional gesto de nervosismo. Sempre que acuado, Rudinho passa a mão sobre o ventre e fala entredentes "testino". Era pra ser intestino, mas o sovina engole a primeira vogal de troco. No que depender de mim, esvairá as entranhas quando este combate terminar.

O árbitro nos chama. Não consigo identificar nada que diz. Nem me interessa. Nunca há novidade nessa preleção. O zumbido surge. Mas dura poucos segundos. Some, desaparecido no silêncio mais absoluto que jamais me envolveu.

A luta

Um

Disparo um jab que acerta em cheio o rosto do adversário. Mais do que um dano moral, quando um golpe tão simples explode na sua cara — ainda mais sendo o primeiro movimento da luta —, o edifício da confiança racha. A primeira estria surge e esfarela uma fenda na viga mestra. Os olhos do meu oponente dizem isso com a franqueza só encontrada em um amigo verdadeiro, ainda que o objetivo dele seja arrancar a minha cabeça ou torná-la parte do piso do ringue.

Mais forte e mais jovem, ele se deixa abalar apenas por um instante. Vem na minha direção acompanhando minhas fintas e me acua pela primeira vez nas cordas. Como o eixo do ponteiro que faz o relógio girar, ele se coloca no centro do ringue para acompanhar meus movimentos. Tento inverter algumas vezes o sentido do giro com o jogo de pernas, uma das armas que sempre cultivei, mas ele se mantém impassível e, sem o menor aviso, torna-se maior à minha frente, acuando-me outra e outra e outra vez. Solto uma série de golpes mais para aborrecê-lo do que para abalá-lo.

Nosso primeiro clinch é separado pelo juiz de calva reluzente, impecável no uniforme de camisa listrada e calças brancas. Atinjo um direto sem nenhuma potência. Preciso ver a fera enjaulada sair da sua zona de conforto para dançar conforme a minha música. Sei que no confronto direto ele pode fazer meu queixo parar nas orelhas com três ou quatro golpes em sequência. Também sei que só o fará se estiver confortável. E é aí que viro uma mosca escrota aporrinhando um boi enorme e poderoso. Pode abanar rabo e orelhas, pode resfolegar, babaca. Me esquivarei. Fugirei. E em seguida me tornarei o seu zumbido.

Mas algo sempre fica fora do lugar em uma luta. Ele se esquiva de um cruzado, excessivamente autoconfiante, e me devolve um direto de esquerda que causa a sensação de ter engolido sua luva vermelha com velcros, esparadrapos e bandagem. "Reaja, seu imbecil" — retomo o velho hino marcial que me acode com força de oração — "isso não foi nada, isso não é nada". Malandramente forço sua cabeça para baixo com a mão apoiada na nuca enquanto ele avança como um tanque, relativamente lento, como o havia estudado, mas com a força inabalável de quem tem um bom estoque de munição, obuses, granadas, morteiros e tudo mais.

Outro clinch, separado pelo calvo, mais fintas, rápidas as minhas, ele ao centro com a mão direita recolhida e sua insuportável, irritante e quase intransponível defesa em X. Meu rosto escapa por milímetros de um upper; fosse atingido, tudo iria por água abaixo. Teria que conviver para sempre com o fato de sequer ter tentado. Eu ganharia meu cachê mais a bolada pela derrota e voltaria para casa sem ninguém para me receber. Será que Esther apareceria? Será dela um dos rostos impossíveis de identificar no escuro da plateia?

Meu corner faz sinal de que faltam 40 segundos para o fim do primeiro round. Combinamos isso desde que ele começou a me treinar. Riba tem por mim grande estima, ainda que eu o tenha nocauteado em um treino no começo da minha carreira e adornado seu queixo com uma cicatriz escura e profunda. Ele mal disfarça a compra dessa luta, concordou com as anteriores sem fazer cara de bons amigos, just business, dizia. "Não há nada mais que a gente possa fazer na sua idade do que amealhar algum troco extra para depois do fim. Aposentadoria não está na nossa ordem do dia. Nunca esteve. Na verdade, de um tempo para cá, não está na de ninguém", repetia sempre o refrão antes de puxar algo pelo nariz junto com o ar e cuspir no chão.

São doze rounds previstos. A vontade é que tudo acabe logo. Meu oponente quase me rompe as costelas com um cruzado no primeiro minuto de luta. Sinto que a fera continua domada, na beira da jaula, pronta para perder o controle, mas ainda contida. E isso não é nada bom. Ele me devolve o jab do começo, explodido na cara, acerta mais um direto e um cruzado sem efeitos devastadores, e chegamos assim ao fim do primeiro round. Volto ao corner e sento. Ele continua em pé, com os braços apoiados nas cordas e as costas escoradas no mastro, como se quisesse me dizer "não há cansaço aqui, seu cretino. Vou te derrubar no próximo round, como fiz com o adversário em minha última luta. Do que você é não vai sobrar sequer retrato para doer". Ele ouve o treinador em silêncio, impassível. Eu falo. Para espantar o medo, para ganhar musculatura moral. A vírgula do intervalo se torna uma eternidade. Nado no mar revolto em uma noite escura sem farol. Mas tudo isso acaba com o sinal de reinício do combate.

Dois

O enfurecido se desloca na minha direção. Tento fazer das mãos anteparas dos golpes, mas, a cada três, ao menos um encaixa. "Não há espaço para cavucar a rachadura na coluna", esse é o recado após a mirada silenciosa no corner. Além disso, a tal estria foi apenas um arranhão na superfície de concreto e vergalhões que eu teimo em derrubar. Um direto atinge o lado esquerdo do meu rosto. O choque reverbera, molares, coluna, joelhos, todos irmanados na dor.

Ele escapa liso como um quiabo das minhas tentativas de clinch, acerta mais uma sequência em minhas costelas prestes a explodir. Imagine que as partículas sólidas do tapete voador de pó de minério permanentemente estacionado sobre a cidade sejam do tamanho das pedrinhas de areia da praia. E você é obrigado a engoli-las pelas narinas. Essa é a sensação ao respirar após ter o dorso usado como saco de pancadas. As partículas que pairam sobre nossas cabeças e invadem nossos corpos são mais sutis.

Quando consigo driblá-lo e tomar o centro do ringue, ele avança como um bate-estacas. Outro clinch me escapa, tento manter a distância, negando meu estilo de luta, conforme dito anteriormente, de me manter bem próximo do oponente. Mas meu destino sempre é o carinho das cordas esticadas nas minhas costas suadas. Acerto um cruzado que não parece sequer lhe fazer cócegas. Mais uma finta e a coreografia se repete, ele avança e eu recuo como se fosse possível a uma sombra fugir do que a projeta. Outro clinch.

O chicote elástico rompido funciona. Não fosse a esquiva, um dos recursos que sempre cultivei, teria caído sentado sobre minhas próprias pernas. O público grita, ouço uma maçaroca de vozes e sons sem conseguir distinguir nada. No ringue, você se encontra em outra dimensão, obviedades como tempo e espaço, luz e som se propagam e mesclam de outras maneiras. As leis da física se rearranjam, para que na bolha existam apenas os dois pugilistas. Nada e ninguém, sequer e muito menos o juiz, encontram-se no mesmo tópos.

Já enfrentei muito casca-grossa, mas nunca alguém tão bruto. A única maneira de vencer será quebrando esse pedregulho em pequenos pedriscos. Do contrário, sou eu a ir na caçamba. E aí vai pro beleléu minha tentativa de sair por cima, ainda que seja tão somente meu o gozo do resultado. Uma metralha de socos na linha da cintura me atinge novamente. Absorvo um ou dois com os cotovelos, o resto vai direto ao abdome. Mais uma vez faço das cordas minha cama, ou uma extensão do meu corpo. Elas absorvem o que sobra da energia dos golpes que recebo e ao mesmo tempo me mantêm de pé. Esse colo carinhoso tem prazo curto de duração, finto novamente e o animal me acompanha, se situando mais uma vez no centro do tablado. Acerto outro direto e aí, sim, consigo meu intento. A besta acorda com o baque seco e a coroa de suor que levanta do impacto. Sinto seu ódio no cenho franzido, consigo imaginar a potência da mordedura no protetor bucal. Suas narinas ficam mais dilatadas. Escapo de um cruzado que risca o vazio e levanta um ohhhh da massa disforme no escuro ao redor.

Outro clinch. Novamente o homenzinho calvo cava uma fenda entre nós e nos separa. Nada parece demover meu adversário da minha direção. Mesmo quando o acerto, ele segue sua marcha inabalável. Consigo encaixar mais um direto com força suficiente apenas para surtir algum efeito moral. Mas qual efeito seria mais desmoralizante? Apenas o nocaute, que parece tão distante daqui. Ele apenas sacode a cabeça teatralmente para impressionar os árbitros e conduzi-los a uma nota menor para meu desempenho. Segue com as mãos para frente, quase como uma criança tenta agarrar o ar na busca por apoio ao aprender a andar. E consegue anular as minhas tentativas.

Aos olhos de um fora-do-ringue, seus movimentos podem parecer desconexos e infantis. Mas ele sabe exatamente o que faz. Uma névoa tênue separa seus punhos da minha queda. Ao tentar dissipá-la, com grande volume de movimento e muita força, ele vislumbra a brecha. Estou do outro lado. Por um momento esse canal se abre e conseguimos ver um ao outro como realmente somos. Antes que ele possa descarregar em mim todas as suas pilhas, o sino toca sem que eu sequer tenha percebido o sinal que meu corner tentou inutilmente anunciar. Pela primeira vez, desde a coletiva de imprensa há alguns dias, nos olhamos por breves segundos com admiração mútua.

Ele senta no corner dessa vez. E olha para o lado após tirarem seu protetor bucal. Não procura nada, faz com a boca o movimento de um assobio, e assim é o que me parece. Está ali e não está. Sua indiferença me provoca um calafrio. Massagem nos ombros, vaselina aplicada no rosto, a ring girl com seu sorriso de morta e a placa na mão. Meu oponente ouve instruções. Pela primeira vez, parece estar na luta. Ao sinal do gongo, levanta como se o tivesse escutado antes. Quando chego ao centro do ringue, ele já parece bem maior do que eu, ainda que tenhamos praticamente a mesma estatura.

Três

O terceiro round começa com um erro grotesco de ambas as partes. Meio que esquivamos e atacamos simultaneamente, e ainda que só nós tenhamos percebido, tudo pareceu infantil e inadequado a uma luta profissional. Nos aprumamos e lanço o 1 para encaixar o 2. Jab e direto. Ele apoia a cabeça no meu ombro. Mais uma vez a pressiono para baixo. É preciso irritá-lo até o limite do ódio que ele possa carregar e descarregar. Só assim minarei suas forças. Nunca imaginei que fosse jogar xadrez na minha última luta. Mas se não o fizer serei derrotado. Na mão, não tenho a menor chance contra ele.

Novamente a defesa em X — isso deveria ser proibido, sinceramente, mas em meia hora não me importará mais — me acua nas cordas. Levo uma sequência no tronco. Se havia nele o farelo de uma coluna no primeiro round, há em mim agora uma ruína. Engulo em seco com a sensação de empurrar goela abaixo uma bola de sangue pisado. Após dois rounds de estudos e provocações, a pancadaria começa pra valer. Todo o nosso repertório é despejado na mesa. Sem blefes, cartas na manga, marraios. Apenas duas vontades de potência frente a frente em um espaço delimitado com regras estabelecidas. É bruto, sim, Esther. Mas também carrega muita fidalguia.

A admiração mútua do round anterior alimenta todos os impulsos elétricos disparados em uma situação tão extrema. Demandaria muita precisão definir um vencedor neste round. A olho nu, a tarefa se torna quase impossível. Por duas ou três vezes o próprio juiz se embola conosco. Cada vez mais brocamos um túnel de onde apenas um sairá inteiro. Nada mais importa, a não ser vencer. Nada mais nos ronda, a não ser os bolsões de suor que explodem quando um acerta o outro. A respiração ofegante e o zunido das luvas quando um golpe morre no vazio parecem completar a cápsula protetora que nos aparta do mundo. Seria possível lutar uma noite inteira assim. Mas o transe acaba quando um upper fura meu bloqueio e me atinge o queixo. Tivesse mantido a cabeça firme sobre o pescoço, estaria tudo acabado, Esther.

Esquiva sempre foi uma ferramenta que usei bem. Antever o que o outro fará e conduzir meu próprio corpo no sentido do golpe que me atinge. Assim é possível absorvê-lo. Como disse, também há aqui um componente da dança. E esta é a última. Desfruto de cada minuto, cada golpe dado e recebido. Foi essa a trilha que percorri. Torta. Obscura. Inconstante. Combina comigo. Firme. Atrevido. Abusado. Que o último ato seja bonito. Potente. E redentor. Como este round, nesta luta, um acontecimento perdido em um bilhão de acontecimentos simultâneos ao redor do planeta. Nada que carrego comigo, nem os punhos cerrados, sequer os sonhos adormecidos, tem importância capital para alguém além de mim e uma dúzia que realmente se importa com o que sou ou como estou. Vá lá. Meia dúzia.

A escrita e o boxe me ensinaram a importância relativa de um indivíduo em detrimento da importância absoluta da verdade. Mas a lição não foi facilmente apreendida. Foi preciso escrever e apagar, escrever e apagar, até o ponto em que a escrita me fugiu. E foi preciso bater até criar calos nas mãos, e levar golpes até ficar com o rosto cortado, o nariz ligeiramente torto e a cicatriz escura entre o nariz e os lábios. Foi preciso renegar o que fazia, mergulhar de cabeça no que escolhi fazer e chegar ao ponto mais decadente para ter este satori, esta iluminação. Um gesto pode redimir vários. Um clinch. O gongo. E acaba o terceiro round. Até aqui o mais violento. O mais esclarecedor. Água. Toalha no rosto. Vaselina. E a fala de Riba, alertando para tomar cuidado com meu olho direito, que começa a fechar. "Levanta a porra dessa mão", fala com a delicadeza que lhe é peculiar. "E não esqueça. Todo juiz é boçal, soberano e absoluto. Nunca dependa de um. Acabe logo com esse merda. Se for para os pontos, vão dar pra ele. É menino, ainda tem lenha pra queimar." É Riba. E eu sou um cedro. Só caí uma vez, não vai ser agora que me derrubarão. Aproveite, camarada. Você ainda não sabe, mas ficarei te devendo a companhia nas cervejas de quinta. E vai se surpreender com a grana que depositei em sua conta. Era a única coisa que podia fazer por você. Só lamento não poder te dizer, para o seu bem, o que farei depois desta luta. Nosso convívio está com os dias contados. Mas nunca te esquecerei, meu bravo. Seu gerente de banco explicará tudo. Sua aposentadoria será um tico mais confortável.

Quatro

Você consegue sentir o vácuo perto, calado ao seu lado, atado a tudo que foi rasgado, os contratos da vida, a faca e a ferida, a troça e o traçado, a boca e o bocado que sacia a fome do condenado na véspera da execução? Sabia que ele ainda sonha, mesmo sabendo que a longa noite vai cair no poente com um marulho ao fundo, como um corpo espatifado contra o muro erguido sobre as convicções confortáveis, os nós atáveis e os grilhões adaptáveis ao tamanho do punho e do pescoço?

Navalhas cortam até o osso. E é também nossa a confissão do enforcado após o cadafalso ruir. Cair agora no quarto round me faria correr novamente para fugir do zumbido, manifesto ou inexistente, até gastar a carne dos pés e me restarem apenas ossos para pisar. Sorveria até lamber os dentes o veneno mais potente que me pudesse sangrar. Deitaria em uma cama feita de brasas sem que isso fosse uma metáfora, e deixaria queimar os nervos, que arrebentariam como cordas tensionadas, e a espuma dos pulmões, que imploderia enquanto tudo esturrica.

Eu nadaria com tubarões famintos sem me importar. Seria todo lábios e todo poros. Pus minha cabeça a prêmio por onde quer que eu vá. Esse é o preço e eu pago de bom grado. Provoco novamente o miúra de meia tonelada. Estar aqui é como pular em uma piscina cheia de giletes e sal grosso.

Eu desafiaria Deus entre um trago, um uivo e um lamento, e mandaria, tão imenso quanto Ele, que seus raios de mil megatons me rompessem inteiro na possibilidade absolutamente concreta de eu perder essa contenda. Tirei todos os demônios para dançar. Participei dos banquetes da dor sem nunca ter me tornado repasto. Havia, sim, uma troca de interesses, em absolutamente nada pior do que fiz antes de me tornar profissional. Isso tem a ver com pugilismo e isso não tem a ver com pugilismo. Não há rendição onde há redenção. Redesenhe-se. Esta é apenas a metade da luta. Ao menos é como a desenhei.

Chegou inteira até aqui? Realmente, muito interesse no boxe para uma alma tão sensível. Então, perceba, ter os órgãos internos sacudidos como acaba de acontecer comigo agora, quando um gancho atinge meu tronco e tudo parece ter trocado bruscamente de lugar, pode te ensinar mais sobre a intensidade dos desejos do que centenas de rodadas na ampulheta do psicanalista. Já perdeu o controle voluntário dos próprios braços? É o que está prestes a acontecer comigo. Sabe o que impede isso? Algo inominável que habita cada um de nós. Um troço como a glândula pituitária, a prova da existência de Deus, ou o nome que o valha e você queira usar, o lugar da alma batizado por Descartes, o terceiro olho, o rasgo do seu indivisível e singularizado poder. A sua vontade. A sua potência. Motores e pilhas radioativas que precisam ser digeridas sem mastigação. Engula e torne-se quem você é.

Só assim poderá reagir ao que todos fazem, inclusive o pugilista adversário em um ringue: a tentativa de desconexão, o aniquilamento impingido — e ainda pior quando autoimpingido, como agora, quando um gancho, logo o meu golpe predileto, me enche o maxilar inferior. Agarro na corda superior, tento envolvê-la com as mãos e só aí lembro que calço luvas, não foi o mastro do navio rachado por um raio o que me atingiu, foi o soco de um homem como eu, alguém com vontade de vencer, que se preparou para isso e está disposto a me varrer de cena o quanto antes.

O sinal dos 40 segundos rompe a névoa que envolve dois lutadores, separando-os do mundo. Rasga o véu esfumaçado e me atinge os olhos no momento em que acerto um upper nas costelas inimigas. Estamos chegando à terceira margem do rio, a partir daqui não há mais volta — na verdade nunca houve, Esther, a flecha do tempo corre em uma única direção, nunca cessa de seguir, jamais retorna, mas aqui, entre as cordas, um metro e meio acima do chão, o peso dessa constatação óbvia ganha as tintas de uma grande, robusta e incontestável verdade.

E é assim, em um moto-perpétuo que me fez combater por puro ato reflexo, que chegamos ao final do quarto round. Ele termina empatado.

Cinco

Nada se encaixou no quinto round, a não ser os golpes do adversário no meu tronco e na minha cabeça. Esqueça todo o papo de antes sobre domar as conexões da dor. Quando você apanha, o cheiro adocicado e azedo do leite sobe às narinas, disputa um espaço já apertado com os filetes de ar que tento jogar para dentro dos pulmões. Vinha dominando a luta, meu adversário poderia ser induzido a assumir o papel do ratinho pequeno e assustado, e assim eu o manipularia sem escrúpulos, saboreando cada minuto da minha despedida dos ringues, meu gran finale laureado apenas por mim. Mas deixei que ele crescesse. E agora pago por isso.

Rendido ao pior e maior inimigo. Não este idiota forte. Nem o boxeador brilhante que me tombou há tantos anos. O que me põe agora deitado sobre o fio afiado da navalha é o excesso de autoconfiança. Disse isso a vida inteira para mim e para os lutadores com quem troquei socos e travei amizades em centenas de camps. "No ringue, o excesso de autoconfiança é o pior inimigo." Foi o que fez meu amigo Gengis, que chegou a campeão do mundo e já pendurou as luvas, perder uma luta quando éramos jovens para um medíocre pugilista chamado Alberto Champinha. Nunca vi tanta gente com cara de espanto como naquela tarde distante dos anos 80. E eis que agora sou traído por meu próprio vaticínio. Após a primeira sequência, só me restou fugir acuado, encaixar clinches desastrados, tentar aparar a destra que avança sobre mim com a minha esquerda.

E não adiantou trocar de base, arma que sempre usei com eficiência. Perto do espancamento, percebo que meu olho esquerdo começa a fechar. Isso é o que pode acontecer de pior a um pugilista. Perder 50% da visão te deixa 150% mais vulnerável. Sem falar que a bolsa de sangue pode romper e, se o corte representar risco para a integridade do lutador, o juiz, boçal e soberano, tem a prerrogativa de acabar a luta. Ele é absoluto. Julgamentos são ciências inexatas.

Risco. Quanta hipocrisia. Lutar é risco. Passar dez, doze, quinze rounds levando socos na cabeça é risco. Escrever também é risco. Outra irmanação entre boxe e escrita. E, para além dele, como fazem pugilistas e escritores, as falácias, o narcisismo compulsivo e seu flerte perigoso com a perversidade e suas aderências, tão parecidas com as marcas que carregamos no rosto, mas sem a mesma fidalguia das cicatrizes. Mania de grandeza, necessidade de aprovação, falta de empatia. Quando escrevia, encontrava isso fora da bolha, ou seja, a regra da exceção.

Levo um upper no queixo que quase me arranca o protetor bucal. Minha cabeça fica envolta em uma nuvem de água, meu suor misturado a gotas de sangue. Sinto que vou desabar, mas me lembro de retornar à superfície do afogamento, me jogo nas cordas, pego impulso na volta e me agarro a um clinch salvador. Ele continua batendo nas minhas costelas, talvez tenha rompido uma delas, a pior fratura, a dor mais filha da puta que alguém pode sentir. Não cairei, não cuspirei meu sangue no chão. Hoje não.

Todos esses anos estão concentrados, não mais na necessidade de ser aceito, não mais no exagero de realizações e feitos — repare, Esther, mais uma, boxe e literatura xifópagos, unidos pela cabeça e fígado. O que tenho a provar só cabe a mim. O juiz nos afasta. Faz uma pequena pausa para que meu adversário ajuste seu protetor bucal.

Encosto no corner, 30 segundos que valem uma vida inteira. Parece que estou com a cara voltada para o vento nordeste, esse que joga no coração da região metropolitana de Vitória o pó preto aspergido pela empresa assassina, parece que estou me afogando na lama, como as centenas de vidas destruídas no estouro da barragem de dejetos de minério de ferro. Houvesse sangue a escorrer, ele teria agora a densidade do amargo rio tomado pela lama podre. Mas fora os hematomas no rosto e a costela, não sangro. Nem sangrarei.

Novamente o corner avisa dos 40 segundos finais. Ou eram 30? Ser massacrado te torna pouco confiável. Números, datas, citações. Nada a afirmar. Enrolo da maneira que posso, cordas, clinch, a mesma cantilena dispensável, Esther. Levo outra sequência no tronco. Parece uma ciranda sem fim, na hora em que a roda ameaça desacelerar, no limiar da labirintite, começa de novo. Estou assustado. O medo tem o cheiro adocicado e azedo de leite dormido fora da geladeira. Toca o ring. O round acaba para nunca mais voltar.

Minha avó inventou um personagem para acalmar a fúria infantil dos netos. Ludovico. Uma espécie de bicho-papão, fantasma da mulher algodão, homem do saco. Em cada lugar, sua lenda. Ludovico era o amálgama de todas elas. Depois de adultos, descobrimos que cada um de nós criou uma imagem diferente dele. Comum à memória de todos, a voz grave de tabagista quando ela batia com o nó dos dedos na cabeceira da cama nos provocando a pergunta, "quem é, vovó?", para ouvirmos a resposta de sempre, mas sempre revestida de mistério e graça, "soy yo, El Ludovico". Chamo esse velho conhecido imaginário no pensamento para que me ajude a concluir, nesta noite, aquilo a que me propus. Pela primeira vez, em todos esses anos, ouço o que seria a sua voz por sobre meu ombro dizendo: "andale". Levanto e caminho para o centro do tablado. O sexto round vai começar.

Seis

Pela primeira vez nesta luta me pergunto: o que estou fazendo aqui? Aliás, o que estive fazendo aqui em todos esses anos? Basta levantar ao acionar do gongo e a pergunta se dissipa na névoa da dor no corpo. Acho que este filho da puta me fraturou uma costela. E essa, como já disse, é a pior fratura. Na segunda pisada na direção do centro do ringue, as boas e velhas sinapses bem treinadas voltam a se manifestar. Meu adversário retorna, mais forte e lento do que eu. Inamovível. O bloco de granito cuja função na existência é me transformar em patê.

Embolamos no clinch mais bruto de toda a luta até agora. Em momentos assim, ainda que não haja outro motivo senão a vontade de vencer — e qual motivo seria mais imperioso? —, a coisa começa a se tornar pessoal. O juiz nos separa e novamente a tinta fresca do alívio emerge do poço lamacento da dor. Pena que dure um instante quase inapreensível. Ele volta e me desfere a mesma combinação de golpes. Doem até os que raspam meu corpo sem tocá-lo e morrem no ar. Um touro avançaria com mais sutileza pelo ringue. Tento reagir, mas minha cabeça é bloqueada por seu antebraço. O medo invade meu sangue, transforma açúcares e proteínas em veneno.

Seguro sua cabeça para tentar irritá-lo. Vou além. Consigo enfurecê-lo. Mais uma vez estou nas cordas. Mas não estive nelas a vida inteira? O livro não entregue, o rame-rame das feiras literárias, os segredos ditos em surdina e não a plenos pulmões, a narrativa que me escapou, areia fina a escorrer dos dedos nodosos. O barato que me vendi, tão caro. A possibilidade de ter me tornado capanga do sujeitinho miserável que está ali, sentado na primeira fila, entre aflito e confiante, raspando as mãos uma na outra em concha na expectativa de tudo acabar logo, ganhar dinheiro, me pagar, ganhar mais dinheiro e mais dinheiro, e arrumar outro dublê de corpo, assim que me tornar dispensável. É, couve amarela, eu até sangraria de bom grado neste combate se houvesse a certeza de o sangue salpicar na sua blusa ridícula e na sua cara enfadonha. Mas não há como prever isso. Nunca é possível antever o quanto se vai sangrar a cada entrega deliberada na porra desta vida. Assim lá fora como aqui dentro. E ainda há o que nunca contei a ninguém. Você saberá, Esther. Mais um motivo para manter a distância.

É exatamente o que me falta neste round. Encurtar a distância. Quem faz isso é meu adversário. Contrariando seu estilo de luta, emula o meu. Esquiva três, quatro, cinco vezes na mesma sequência. Faz com que eu pareça um idiota ao mostrar que não é um. Eventualmente, essas esquivas vêm acompanhadas de ganchos que me pegam na lateral do queixo, perto do ouvido. Cada golpe ao entrar parece acionar um gongo enorme e metalizado. Todos os meus ossos vibram quando isso acontece. Consigo encaixar um jab direto aqui e ali, mas isso parece animá-lo ainda mais. Tenho um saco de cimento em cada mão, quando deveria ter asas nelas. Um direto na ponta do queixo me joga nas cordas. Imagino ver de relance o amarelo de couve velha da cara do Rudinho. Sim. É ele. Engato um clinch e inverto a posição, meu adversário está nas cordas e eu o acuo. Olho para o cretino com o ar mais debochado que a expressão de alguém em um ringue pode dar. Olho inchado, rosto inflamado. Nada disso deixa escapar um cínico sorriso com os olhos. O empresário leva a mão ao estômago. "Testino", penso, quase consigo ouvi-lo em seu tique nervoso infantil anal retentivo. Ele parece pedir com os olhos que eu caia. "Pois que se cague", formulo enquanto empurro o outro pugilista e armo novamente uma guarda cansada, débil, difusa. "Concentre-se. Esqueça tudo. Só existe a luta. Este ringue e suas cordas têm o tamanho do mundo. Nada lá fora, antes ou depois, importa mais." Acerto três jabs seguidos. Eles fazem barulho. E só. O bugre balança a cabeça como quem diz "não foi nada" e manda outro cruzado. Meus dentes dançam na boca como o teclado de um pianista de jazz. Mordo o protetor. Mais para me convencer de que estou de pé do que qualquer outra coisa. Simultaneamente, o gongo toca anunciando o fim do sexto round.

Este é o penúltimo corner. A penúltima canção que escutarei sentado com as luvas calçadas nas mãos. A plateia grita o nome do outro. Rudinho parece mais calmo, mas sua cara de esquilo assustado me pede pelo amor de Deus que encerre tudo, que caia, ou finja cair, e não levante mais. Rapidamente consigo me abstrair da sua figura e do puxa-saco ao seu lado, que me olha com ódio ressentido — e qual ódio não o é? Riba fala comigo, me instrui a bater e sair no começo para abrir a defesa do oponente, para, em seguida, disparar o enxame, característica tão minha. "A idade te tirou um pouco da velocidade, mas ela ainda está aí, porra." O sinal anuncia que chegamos ao sétimo round.

Sete

Estou no vestiário, flutuando sobre toda a dor tatuada no meu corpo após o combate. Na mesma intensidade, imprimo pressa em cada gesto turvo. Preciso sair do ginásio, do bairro, da cidade. Lauro me espera lá fora. Eu estou no ringue domando o miúra, vejo cada movimento seu já descoordenado. Ajo como quem disseca um cadáver. Ele perdeu. Perderá. Perdemos todos. Esbarro no guarda-costas de Rudinho ao sair com a bolsa. Luvas, botas, bandagens, tudo mais ficou para trás. No encontrão tenho a sensação de ter deslocado seu ombro. Torço muito para que isso aconteça, mas apenas por uma fração de segundo.

Neste sétimo round, tudo acontece ao mesmo tempo. Volto ao ringue, mas só de raspão, e em instantes estou vendo o menino do balão. É minha a mão adulta que faz menção de segurá-lo antes que suba. Sou eu a desobedecer a ordem e soltar o baldinho. Estou na porta da minha casa esperando a Kombi que trará os exemplares do meu primeiro livro. Depois estou casando novamente. Mais uma vez, arquiteto e executo o que me afastou da escrita, o mesmo dolo, o mesmo engodo, as mesmas flores, o mesmo sem-fim. Volto a ser criança na rua da infância, o sobrado branco, a brisa marinha que antes da parede de prédios com fachadas de aço escovado e vidro soprava as folhas da castanheira e das mangueiras centenárias. O vizinho, seu Chico, contando causos fantásticos. Meu divórcio, a entrada na universidade, o pai puto da vida quando um frangote fardado o obriga a vestir a camisa na ponte Rio-Niterói em uma noite de calor, apenas porque sua instituição, o Exército Brasileiro, havia usurpado o poder e tinha autorização para prender, torturar e matar na década 70 da minha distante infância. E minha mãe, pacientemente me lendo revistas, livros e histórias em quadrinhos no momento em que me alfabetizava.

"Você está delirando", repito mentalmente. "Permaneça. Fique aqui. Continue vivo", falo mais uma vez para fugir do liquidificador de imagens que me leva de roldão. Um jab colocado com ódio e força na minha cara me traz de volta. Recuo. Estar inteiro novamente — ainda que todo arrebentado — toma alguns segundos. O boi nervoso vem na minha direção. Atrapalho sua aproximação com as duas mãos na altura da região de onde sairiam seus golpes. Meu gesto, quase infantil, termina por irritá-lo completamente. A estratégia que tracei desde o primeiro jab da luta começa, enfim, a funcionar. Quase consigo ver os farelos do reboco ruindo a cada movimento seu. Antevejo os vergalhões por sobre a massa de concreto. Ele está fraturado. "Onde há força não há esquecimento."

O homem que se deixa levar pelo ódio está irremediavelmente perdido. Não por castigo divino ou por se permitir devastar moralmente. Ele cai porque deixa de enxergar o tempo do outro. Morre de inanição ou surra, troco da turgidez provocada pela opacidade. Passa a nadar no sólido, estrebucha em movimentos inúteis, esquecendo, por falta de memória, ou ignorando, por desconhecimento, o trato entre Vinicius de Moraes e Antônio Maria de "nunca fazer movimentos inúteis". Nada deve ser mais calmo do que o pensamento no calor da luta mais renhida. Recupero o raciocínio, abalado por tantas pancadas dadas e recebidas nos rounds anteriores. O resto do bloco vira uma aula de tauromaquia, sem nenhuma falsa modéstia. Eu sei, Esther, também acho as touradas uma carnificina. "Quase pior até do que o boxe, não é?", você diria. Tão pouco contato e parece que te conheço há muito tempo. Mas foi o que aconteceu, o miúra resfolega, seus movimentos tornam-se cada vez mais desconexos, débeis. Reverto a surra dos rounds anteriores. Agora é uma questão de tempo ver o edifício erodido. Bato cada vez mais rápido e forte. Aprenda, rapaz. Desvele para si o valor da queda. Que ela te sirva de leito, de peito morno e generoso quando levantar após o nocaute. E faça valer a pena. Que reverbere amanhã, quando tudo em você ranger e a dor, essa generosa entidade, se fizer de amiga antiga, cheia de compreensão e afeto. Nessa hora. Sangrando. Batendo. Sendo batido.

Agora sim, o último corner. Fico de pé. Já ultrapassamos há algum tempo a terceira margem do rio, mas nada de chegar na segunda. Bem-vindo, Cris Machado Amoroso, a um não lugar, o nó górdio, a superfície afiada da borda do precipício. A partir de onde ir se tornou incessante? Em que remanso ficou e se escondeu o ponto de não retorno? Fluxo, refluxo, contrafluxo. Olho para meu treinador como se prestasse atenção no que ele grita, mas tudo que me vem à cabeça agora é lhe dar um abraço apertado, um beijo no rosto envelhecido e dizer "muito obrigado, velho amigo, por nunca ter desistido de mim". O último intervalo escoa rápido por minhas mãos. Como a areia da praia, quando fechamos os dedos. Por mais que fechemos com força, algo sempre nos escapa. E o que nos escapa nos ata.

Oito

O sino anuncia o oitavo round. Parto para ele em chamas. Como se fosse possível a um incêndio acontecer em silêncio.

Pródromo

Na redação a movimentação era a usual. Ainda que cada vez mais haja menos movimentos em ambientes como esse, Esther batuca os dedos nas teclas iniciando mais uma matéria. A pauta a deixa ainda mais desiludida com sua profissão. "Vendedor ambulante faz sucesso nas praias do sul vestido de Chaves." Cansaço, descrença, necessidade de ligar o automático e fingir que o tema tem alguma importância. Ela também sente saudade do som das antigas máquinas de escrever. Aquelas caixinhas produziam uma música que ditava o próprio ritmo do texto. Faz o gesto de puxar um cigarro do cinzeiro na mesa, mas lembra-se de que não é mais permitido fumar nas redações. E em nenhum outro lugar. Lembra, inclusive, que parou de fumar há dois anos. O boy surge tímido. Diz que alguém a aguarda. Esther se levanta e de longe vê um homem corpulento, com aparentes 70 anos, sentado no aquário de espera da redação.

A conversa é breve. Um molho de chaves e um envelope deslizam dele para ela. Esther repara na textura das mãos, grossas como as de um pedreiro. Algumas cicatrizes e marcas de queimaduras brandas. Certamente um trabalhador braçal ou um artesão.

— Você saberá do que se trata ao abrir — ele diz.

— Não há remetente?

— Você saberá quem é. Agora, se me permite, preciso ir.

— Ok. Obrigada. Há outra saída do outro lado da redação.

— Você pode me indicar a direção? — diz, abrindo repentinamente uma bengala branca dobrável. Só aí ela percebe que ele é cego.

Por longos segundos, Esther acompanha os passos, surpreendentemente firmes para um deficiente visual, e vê o homem sair pela porta indicada. "Agora eu preciso de um cigarro", pensa nervosa. No lugar do tabaco, morde o lábio inferior até quase arrancar um filete de sangue. Intrigada, volta para sua mesa, abre o envelope e lê o conteúdo:

Esther,

Quando você ler esta carta, haverá apenas duas opções. Estarei longe, ou irremediavelmente longe, caso tenha vencido. Ou estarei por aqui, mas definitivamente destruído, no caso de ter perdido a luta. Desculpe por minha crise naquela tarde no bistrô. O mau jeito foi todo meu. Nunca tive muito refinamento. Mas, de anos para cá, lidar com certas coisas se tornou ainda mais difícil. Na opção um, a vitória, terei fugido para nunca mais voltar. Ou os capangas da máfia de resultados terão me matado. Não consigo aceitar a opção dois, a derrota. Mas, se isso acontecer, e há uma possibilidade de 50%, prevista em qualquer embate, estarei ainda mais longe do que fui e sou. Não terei mais nada a dizer, e, caso seja assim, peço que não me procure. Você já vai ter me encontrado. Nesta carta. E no pacote que está no meu baú. As chaves e o endereço são do meu apartamento.

Suas palavras me comoveram. Pouca coisa dita a mim, na forma escrita ou oral, teve o mesmo impacto. Ao ler o que te escrevo, saiba, tudo está concluído. O que será feito do que deixo é com você. Escrevo estas linhas no telhado do prédio para onde você vai após ler essa carta. O apartamento foi minha casa nos últimos anos. Agora, retomo um hábito de juventude, quando escrevia, e as rabisco ao ar livre, à luz azul da lua. O terraço inacabado é árido como todo terraço seria. Mas aqui, ao lado da caixa d'água cujo cheiro de amianto incorporei às narinas, a aridez é ainda maior. Estou ferido. Não é o velho joelho que calha de falhar justamente na véspera da maior fuga. Algo maior dói. Sinto-me como os elefantes, preciso procurar o caminho de volta para repousar meus ossos. Não imaginei que intrigassem a alguém os motivos que levam um escritor desconhecido a parar de escrever. Nunca imaginei que minha escrita, e, ainda, o que deixei de escrever, tivesse força para comover alguém com tanta intensidade. Para te contar o que vivi e tudo que aconteceu comigo, como diria a canção, conto uma história. Nela, ao contrário da literatura, é tudo legítimo. Aqui, como na literatura, seria possível mentir. Falsear, jamais.

Tive um primo mais velho que adorava ler e me deixou como herança esse hábito. Visitava frequentemente os sebos da cidade, e sempre trazia livros para casa. "Quem lê não abaixa a cabeça para vagabundo nenhum, seja ele fardado ou eleito." Rimos dessa frase por anos. Depois ficou sem graça. Ele morreu. Levou um balaço de um policial em uma treta pessoal. O que mais lembro é a textura de suas

mãos. Mortas, pareciam dois caranguejos grandes e inertes.
Nunca esqueci a cara do homem que apertou o gatilho.
Eu o observei por anos a fio. E, enquanto isso acontecia,
cresci. Fiquei maior e mais forte do que meu primo, um
caboclo maratimba vigoroso. Calheiros era o nome do cabo
que apertou o gatilho. Mas, na milícia que comandava a
comunidade onde meu primo vivia, ele saltou rapidamente
de capitão do mato para feitor. Certo dia, falei com o sujeito.
Eu tinha então 20 e poucos anos, e não os 15 de quando as
mãos gordas do miserável atiraram. Estávamos no mesmo
boteco. Ele tinha um cigarro na boca e bateu no tronco e
nas coxas procurando pelos fósforos que esqueceu sobre o
balcão. Silenciosamente eu os surrupiei. Pedi uma cerveja
e esperei pacientemente que lembrasse o vício e resolvesse
fumar. Fiz sinal com a mão e lhe estendi um palito aceso.
Na caixa só havia dois. Ele tragou fundo, sorriu, deu um
tapinha carinhoso nos meus ombros e agradeceu. Um palito.
A confiança dele estava irremediavelmente conquistada com
um palito só. "Você é forte, rapaz", disse admirado. "Faço
boxe", respondi, fingindo timidez e humildade. "Ah, então
vai treinar comigo, eu tenho uma academia, sabe? No bairro
aqui do lado. Aparece lá pra gente trocar umas luvas." Eu
sei, seu verme. Sei tudo a seu respeito. Te espreitei pacientemente na última década. Convite aceito, fui. Já conhecia
o galpão que ele chamava de academia. Quando cheguei,
sorriu. Após o aquecimento e os fundamentos, me chamou
para as cordas. Algumas trocas e clinches, deixei que me
acertasse um cruzado de esquerda. O golpe explodiu no meu
lábio superior. Abriu a fenda que você conhece como cicatriz.
Devolvi um upper no fígado, só para que bambeasse e me
respeitasse como pugilista. Ofereci a resistência calculada

para que ele visse em mim potencial suficiente para fazer parte do seu timinho de lutas clandestinas. Ao final de um mês, já me chamava de meu filho.

Como uma coruja atenta, eu o observei. Sabia que ele gostava de encerrar as terças-feiras fingindo ser o boxeador que nunca foi. Mais de ano passou até a terça chuvosa em que ninguém apareceu na academia — se é possível chamar aquele galpão por esse nome. Eu o encontraria sozinho. Cheguei encharcado. Ele abriu um sorriso, me abraçou e disse estar feliz por alguém ter aparecido. "Porra, meu filho, sabia que você não ia me deixar na mão. Hehehehehe... entendeu o trocadilho? Deixar... na mão... hehehehe... vai lá, pegue as luvas e vamos brincar." Respondi com um sorriso silencioso e desde então passei a odiar toda sorte de trocadilhos. Chovia muito naquela noite. Ninguém ouviu. O cabo Calheiros, jagunço promovido a xerife, ainda era forte. Mas, descuidado, envergava uma pança daquelas duras, redondas. Ele apanhou até morrer. Quando começou a perceber o que estava acontecendo, cuspiu fora o protetor e gritou muito.

A chuva batia forte nas telhas de amianto. Acho que as minhas narinas ficaram impregnadas por esse cheiro desde aquela noite. A força dos pingos — mais para pedradas — não me impediu de escutá-lo. Apoiado nas cordas, como se fossem a ripa horizontal de uma cruz, ele já estava desesperado. Baba e sangue melavam seu rosto arrebentado. Foi então que me aproximei, levantei seu queixo e falei o nome do primo e a forma como ele o executou. Fiz isso vagarosamente. Ele arregalou seu olho ainda aberto. Trincou os dentes e tentou reagir. Tarde demais. Cada golpe da sequência final reverberava em meus ouvidos com um estrondo maior do que o da chuva. Sequências de direto cruzado direto foram suficientes para ele tombar, bater com a cabeça nas ripas do piso do ringue improvisado e nunca mais levantar. Confirmei sua morte. Limpei todos os vestígios das minhas digitais. E saí na chuva que encharcava os ossos e os cabelos.

Nunca mais escrevi uma linha. A vingança disparou um loop temporal, um evento termodinâmico, algo que quebrou minha configuração nesta realidade. Após matar um homem, todas as palavras que me habitavam e compunham desapareceram. Ou congelaram em algum lugar aqui dentro, de onde nunca consegui retirá-las. Passei a lutar profissionalmente. Em menos de meia década, estava no topo. E um ano depois caí. Até aqui.

A morte de Calheiros não aplacou um dia sequer a minha perda. Quantas paredes de sonho meu primo levantaria, rebocaria, emassaria e pintaria nesse tempo? Quantos livros eu teria escrito nesses mais de quinze anos de silêncio? Tenho molares, caninos e sisos. Eles se oferecem ao mundo nos momentos belicosos e nos divertidos. A mordedura pode variar em um diapasão que vai da fratura ao corte. Ou do beijo suave ao sôfrego encontro de lábios e línguas.

Tenho também palavras que escapam entre dentes, Esther. Precisas. Indecisas. Cada uma delas, colocada atrás de outra e outra e outra, em uma fila infinda, formava cidades inteiras, monumentos, avenidas. Mas também ergueram casebres e edículas. Palavras são capazes de fazer o couro áspero virar película. E me revestiam pelo avesso, como se os próprios dentes, sedentos, adquirissem involuntariamente o movimento da língua. Mas tudo isso acabou. Ficaram apenas sopro e a máquina de soprar. Tenho mapas falsificados que falseiam rotas. Com ele passeio por veias, vielas e vaus arredios. E tenho fios. Como uma aranha burlesca finge *que nada sente, quando na verdade percebe vibrar toda a extensão da sua teia, se estimulada.*

Quase esqueço. Tenho também um embornal cheio de ciladas. E autossabotagens imunes a qualquer antídoto. Não temo nenhum perigo. Ao sinal vermelho, sigo. E, no verde, observo o movimento das gentes. E o quanto somos todos aflitos. E serenos. Tornamos grande o que é pequeno. E diminuímos, sistematicamente, o campo do infinito. Até finalizar as linhas dessa carta, dedilhada como poema, eu terei mais uma vez fracassado na resolução do velho teorema. Onde há sentido em tudo isso? O que é a experiência tirada disso tudo? Como no antigo sonho, em que o tempo me desafia com meu rosto e minha voz envelhecidos, me percebo mudo. E escolho o fundo. De tudo. Eu escrevia. E, ao escrever, retorcia todas as garras — molar, canino e siso. E, ao torcer, removia as nódoas. E, ao removê-las, pensava ter encontrado o X da questão, a tal resposta errada à qual o teorema não se adapta. Nós somos o teorema. Insolúveis por natureza. Desafiadores por ambição e destino.

Você vai encontrar uma caixa, Esther. Como indicou o bom e velho Hans Magnus Enzensberger. Vai abri-la. Nela há outra. E dentro da outra mais uma, outra e outra. Assim sucedem caixas contendo caixas, contendo caixas que contêm caixas. Pacientemente, debulhe uma a uma. Até chegar à menor das caixas, à possibilidade mais remota de que nela caiba algo que seja não outra caixa. Pode abrir. É a última caixa. Ela estará cheia de nada.

Sorria. Dentes, língua, gengiva, palavras ditas e não ditas. Sol e sombra. E tudo mais. Tem aí uma biblioteca de verbos, versos, inversos, anversos. Deixei para você o conteúdo da caixa. Coloco o que me resta no bolso do casaco, ao alcance da mão esquerda. Volto agora a caminhar pela aurora. Dobro mais uma esquina do mundo, querendo deixar em você a sensação de nunca ter ido embora. Está tudo aí, Esther. O conteúdo é todo seu. Faça dele o que achar melhor.

C.

PS: Eu deveria ter provado a Saint Honoré.

Esther encostou o carro na pequena subida de paralelepípedos. "Ainda existem ruas assim", pensou, para distrair a aflição. Tirou o molho de chaves da bolsa. Após três tentativas, acertou a que abria o portão da rua. O prédio de quatro andares parecia resistir à especulação imobiliária que corrói a história da cidade e transforma tudo em fachada espelhada. Narciso é o demônio que ri mais feliz nestes dias. Dispensou o velho elevador e subiu as escadas. Entrou no apartamento silencioso e quase vazio. Cordas de pular penduradas na parede, um quadro de São Jorge imitando um vitral bizantino, fotos de um casal adulto com os filhos adolescentes. Reconheceu em um deles o jovem Cristiano, sem a cicatriz na boca, mais despenteado do que nunca.

O maior móvel da sala é uma estante de ferro abarrotada de livros sem ordem por tema ou autor. Seus olhos correm rapidamente pelos títulos na prateleira superior. *Pus. Licantropo. Occidentia. Suely. Minividas. Decadência. Poemínimos. Rua.* "Só títulos curtos", disse baixinho, enquanto olhava em volta à procura do baú. Encontrou-o no canto esquerdo, quase escondido, coberto por uma rede velha.

A única chave grande do molho penetrou o buraco da fechadura azeitada. Não houve o menor esforço para girá-la. Mas a tampa era pesada. Esther a escorou na parede. Abrindo o baú, deparou-se com uma caixa de fósforos velha, cuja marca saiu de circulação. Nela, um palito só. Um saquinho de balas de Cosme e Damião amarelado pelo tempo. Um baldinho de plástico atado a uma bexiga vazia. E um pacote pardo amarrado com barbante. Suas mãos correm um dos cacos do pequeno espelho quebrado sobre a mesa e rompem o lacre. "Um homem à moda antiga. Amarrar pacote com um barbante... quem é você, Cristiano Machado Amoroso? O que você quis dizer para este mundo? Onde está você agora? Onde esteve em todos esses anos de silêncio e luta?" — pensou, com um sorriso triste. Ao abri-lo, encontrou um volume encadernado em espiral.

Sentou-se no sofá. Após longos minutos olhando para a capa sem título pousada no seu colo, abriu a primeira página e começou a ler:

Há principalmente um silêncio que vai e vem. Começa grave, gordo e lento, mas à medida que o tempo avança...

ding ding ding

Agradecimentos

Em uma tarde na Avenida Paulista, Patrícia Saturno e Élvio Marques me acompanharam entre cervejas e risos na organização de uma impressão feita às pressas do original deste livro. A vocês, meu muito obrigado.

Os originais foram lidos por algumas pessoas. Não posso deixar de agradecer os comentários e as sugestões feitas por Vanessa Braun, Rodrigo Caldeira, Manoel Herzog, Pedro Eiras, Sergio Blank (*in memoriam*), Alex Pandini, Saulo Ribeiro, Miriam Mangueira, Herbert Farias, Juliana Zanela, Paulo Rios, André Mantelli, Paulo Carvalho e Altran Castor. E, em especial, ao Wladimir Cazé, por entrar no ringue comigo.

Ao vô Félix, amante e praticante do pugilismo, que nos anos 70 e 80 acordava o menino que gostava de livros para ver as lutas na televisão.

E ao meu pai, Carlinhos, que sempre me dava livros de presente.

Este livro foi composto na tipografia Minion
Pro, em corpo 11/16, e impresso em
papel off-white no Sistema Cameron da
Divisão Gráfica da Distribuidora Record.